William Shakespeare

[新译] 莎士比亚全集

THE FIRST PART OF
KING HENRY THE SIXTH

【英】威廉·莎士比亚——著

傅光明——译

亨利六世（上）

天津出版传媒集团
天津人民出版社

图书在版编目(CIP)数据

亨利六世. 上 /(英)威廉·莎士比亚著;傅光明译. -- 天津:天津人民出版社,2021.5
(新译莎士比亚全集)
ISBN 978-7-201-16990-3

Ⅰ.①亨… Ⅱ.①威…②傅… Ⅲ.①历史剧-剧本-英国-中世纪 Ⅳ.①I561.33

中国版本图书馆 CIP 数据核字(2020)第 258301 号

亨利六世. 上
HENGLILIUSHI. SHANG

出　　版	天津人民出版社
出 版 人	刘　庆
地　　址	天津市和平区西康路35号康岳大厦
邮政编码	300051
邮购电话	(022)23332469
电子信箱	reader@tjrmcbs.com
责任编辑	伍绍东
装帧设计	李佳惠　汤　磊
印　　刷	河北鹏润印刷有限公司
经　　销	新华书店
开　　本	880毫米×1230毫米　1/32
印　　张	6
插　　页	5
字　　数	120千字
版次印次	2021年5月第1版　2021年5月第1次印刷
定　　价	58.00元

版权所有　侵权必究
图书如出现印装质量问题,请致电联系调换(022-23332469)

目 录

剧情提要 / 1

剧中人物 / 1

亨利六世(上) / 1

剧情提要

英格兰一代英主亨利五世在威斯敏斯特教堂出殡，朝臣们前来送葬。

此时，其子亨利六世尚在襁褓中，国王的叔叔护国公格罗斯特和叔祖温切斯特主教为操控王权展开争斗。

信使来报，英格兰在法兰西的许多领地沦陷，整个法兰西都已背叛英格兰，塔尔伯特勋爵在与法国人的鏖战中被俘。贝德福德表示愿率一万精兵赴法作战，温切斯特却想趁机劫走国王，把持朝政。

法兰西的王太子查理和阿朗松公爵、安茹公爵雷尼耶率法军行进到奥尔良附近，他们没把饿肚子的英军放在眼里。结果，两军交手，法军战败。这时，奥尔良的私生子带来一位全副武装的圣少女琼安（后世封为圣女贞德），琼安宣称圣母显圣，答应帮他解救国之灾难。

通过交换战俘，塔尔伯特回到英军。法军突然开炮，将奥尔良守将索尔斯伯里炸死。塔尔伯特誓言与法军决一死战。两军再战,英军溃败,琼安率法军进城。

英军塔尔伯特与贝德福德、勃艮第公爵合兵一处,架起云梯发动夜袭,一举夺回奥尔良。查理怀疑琼安施了巫术,故意让法军先赢后输。琼安怪法军守备松懈,才遭此横祸。

奥弗涅伯爵夫人派来信差,邀请塔尔伯特前去做客。贝德福德说此举不合礼数,担心有诈。塔尔伯特倒想试一下这位夫人如何待客。伯爵夫人一见塔尔伯特,直言相告此番诱他前来,只为活捉他,为家国百姓报仇。塔尔伯特笑她愚蠢之极。原来他早有防备,随着一声号角,招来众士兵。伯爵夫人见阴谋败露,只得假意表示,为能在家里款待一位伟大战士深感欢喜和荣耀。

伦敦中殿的一花园内,理查·普朗塔热内与萨默赛特发生争执。最后,理查宣称,凡认可他的人,便摘下一朵白玫瑰。萨默赛特坚称,若是认可他,就摘下一朵红玫瑰。沃里克随理查摘下一朵白玫瑰,萨福克摘下一朵红玫瑰。众人纷纷站队。后来血流成河的"玫瑰战争"自此拉开序幕。

理查·普朗塔热内来到伦敦塔,向在此囚禁多年的舅舅埃德蒙·莫蒂默了解父亲之死的真相。莫蒂默告诉理查,自己是被当今国王的祖父亨利·布林布鲁克废黜的理查二世的合法继承人。理查的父亲娶了莫蒂默的妹妹,因密谋拥莫蒂默登上王位,兵败垂成,丢了脑袋。莫蒂默无儿无女,当即宣布理查为合法继承人。理查认定父亲被处死乃血腥暴政。莫蒂默警告外甥之后,便断了气。

伦敦的议会大厦里,格罗斯特与温切斯特相互指控。年幼的亨利王恳求叔叔和叔祖二人同心、和睦友爱。最后,在国王和沃里克多次劝说下,格罗斯特和温切斯特勉强答应讲和。

沃里克上书,提出让理查恢复世袭权利,并对理查父亲所受冤屈做出补偿。国王慨允,答应把约克家族的所有世袭权利给予理查。理查受封为有王室血统的约克公爵,表示将尽心效忠国王。格罗斯特建议国王渡海去法兰西举行加冕典礼。见此情景,埃克塞特公爵担心前朝流行的可怕预言要应验:生在蒙茅斯的亨利五世赢得的一切,将被生在温莎的亨利六世输个精光。

法兰西的鲁昂城前,圣少女琼安和查理王太子夜袭得手,攻占鲁昂城,塔尔伯特败退。但很快,塔尔伯特联手勃艮第公爵,再次收复鲁昂。琼安劝法军不必为丢掉鲁昂灰心、悲痛,只要听她的,法军必将把塔尔伯特骄傲尾巴上的羽毛拔下来。她心生一计,要诱使勃艮第公爵脱离塔尔伯特。

英军行进中,勃艮第公爵的部队殿后。琼安深感命运眷顾,立即命人吹响谈判号。琼安称勇敢的勃艮第公爵是法兰西真正的希望,她是以卑微侍女的身份前来劝说,随后慷慨陈词,动之以情,晓以利害,终使勃艮第公爵答应背弃塔尔伯特,回到法兰西怀抱。

巴黎的宫中大殿,温切斯特主教把王冠戴在亨利王头上,为他加冕。格罗斯特要巴黎总督跪下,发誓效忠国王。这时,奥尔良之战中的逃兵福斯托夫带来勃艮第公爵的绝交信。亨利王十分气愤,称这是惊天的背叛,命塔尔伯特给予惩罚。

波尔多城前,塔尔伯特把守军统帅召上城墙,劝他开城投降。法军统帅拒绝,直言相告,塔尔伯特已身陷重围。刚被国王任命为法兰西摄政的约克公爵得知塔尔伯特濒临毁灭,打算马上派兵救援,可他征召来的骑兵全被萨默赛特扣住。

路西爵士找到萨默赛特,说塔尔伯特吁求高贵的约克和萨默赛特帮他击退死神。萨默赛特拒绝,说应由约克派兵支援。路西抱怨,约克也急着怪罪,骂萨默赛特扣住援兵不发。萨默赛特辩称约克说谎。

英法两军交战。塔尔伯特和儿子约翰,父子俩为英格兰的荣耀拼死血战,最后双双殒命。

伦敦的王宫里,亨利王分别收到罗马教皇和神圣罗马帝国皇帝来信,希望英法两个王国缔结神圣的和平。同时,阿马尼亚克伯爵来信提议联姻,要把独生女儿嫁给亨利王,并陪送一大笔嫁妆。亨利王答应结亲,命温切斯特红衣主教出使缔结和约。

查理王太子和琼安得到消息:原先分成两派的英军已合兵一处,马上要来进攻。英法两军交战。魔咒、护身符不再显灵,琼安成了约克公爵的俘虏。战斗中,萨福克俘虏了雷尼耶的女儿玛格丽特。他见她貌美如花,本想趁机占有,却又不敢,便打起如意算盘:让她成为亨利王的王后,叫她听从自己。于是,他来到雷尼耶的城堡,说要替国王操办这桩婚事。雷尼耶欣然同意。

约克公爵把琼安视为女巫,判处火刑。

温切斯特把国王的授权书交给约克,说自己代表国王前来与法国和谈。约克十分恼怒,却毫无办法,他仿佛看到英格兰的所有法兰西领地全部沦陷。经过一番讨价还价,查理最终答应了英方的条件,同意向亨利王发誓效忠纳贡,并担任英王属下法国总督一职,且可享有国王之尊荣。

萨福克极力向亨利王赞美玛格丽特,说她愿听从美德贞洁的指令,把亨利当主人爱戴、尊崇。亨利王当即同意玛格丽特做英格兰王后。格罗斯特提醒国王,已与阿马尼亚克伯爵之女订婚在先,岂可撤掉婚约,令荣誉受损。萨福克反驳,说只有玛格丽特才配得上国王。亨利王终下决心,命萨福克速去法兰西联姻,任何条款都同意,确保玛格丽特肯于屈尊,渡海来英格兰加冕,做亨利王的忠实王后。

格罗斯特内心惆怅。萨福克却心中窃喜,他盘算的是:玛格丽特一当上王后,他便能支配她操控国王,统治王国。

剧中人物

亨利六世国王　King Henry the Sixth

格罗斯特公爵 国王之叔，护国公　Duke of Gloucester Uncle to the King, and Protector

贝德福德公爵 国王之叔，法兰西摄政　Duke of Bedford Uncle to the King, and Regent of France

埃克塞特公爵 托马斯·波弗特，国王之叔祖　Duke of Exeter Thomas Beaufort, great-uncle to the King

温切斯特主教 亨利·波弗特，国王之叔祖，后为红衣主教　Bishop of Winchester Henry Beaufort, great-uncle to the King, and afterwards Cardinal

约翰·波弗特 萨默赛特伯爵，后晋封公爵　John Beaufort Earl of Somerset, afterwards Duke

理查·普朗塔热内 已故剑桥伯爵理查之子，后为约克公爵　Richard Plantagenet Son of Richard late Earl of Cambridge, afterwards Duke of York

萨默赛特公爵 埃克塞特公爵之侄　Duke of Somerset Exeter's nephew

沃里克伯爵	Earl of Warwick
索尔斯伯里伯爵	Earl of Salisbury
萨福克伯爵	Earl of Suffolk
塔尔伯特勋爵 后为什鲁斯伯里伯爵	Lord Talbot Afterwards Earl of Shrewbruy
约翰·塔尔伯特 塔尔伯特勋爵之子	John Talbot His son
埃德蒙·莫蒂默 马奇伯爵	Edmund Mortimer Earl of March
约翰·福斯托夫爵士	Sir John Fastolfe
威廉·路西爵士	Sir William Lucy
威廉·格兰戴尔爵士	Sir William Glansdale
托马斯·加格拉夫爵士	Sir Thomas Gargrave
伦敦市长	Mayor of London
市长手下治安官	Office to the Mayor of London
伍德维尔 伦敦塔卫队长	Woodville Lieutenant of the Tower
弗农 "白玫瑰"或约克派系	Vernon Of the White-Rose or York faction
巴塞特 "红玫瑰"或兰开斯特派系	Basset Of the Red-Rose or Lancaster faction
一律师	A Lawyer
一教皇特使	A papal Legate
看守莫蒂默的狱卒	Mortimer's Keepers
英军队长	English Captain
查理 王太子,后为法兰西国王	Charles Dauphin, and afterwards King of France
雷尼耶 安茹公爵,那不勒斯公国之名义国王	Reignier Duke of Anjou, and titular King of Naples

勃艮第公爵	Duke of Burgundy
阿朗松公爵	Duke of Alencon
奥尔良公爵的私生子	Bastard of Duke Orleans
巴黎总督	Governor of Paris
奥尔良公国炮兵队长,及其子	Master-Gunner of Orleans, and his son
法军驻波尔多统帅	General of the French forces in Bourdeaux
一法军中士	A French Sergeant
一守门人	A Porter
一老牧人 圣少女琼安之父	An Old Shepherd Father to Joan La Pucelle
法军探马	French scout
玛格丽特 雷尼耶之女,后与亨利国王结婚	Margaret Daughter to Reignier, afterwards married to King Henry
奥弗涅伯爵夫人	Countess of Auvergne
圣少女琼安 通称圣女贞德	Joan La Pucelle Commonly called Joan of Arc
众贵族,众士兵,伦敦塔守卫,传令官,狱卒,众队长,众哨兵,众信差,及众侍从等	Lords, Soldiers, Warders of the Tower, Heralds, officers, Messengers and Attendants
向琼安显灵的群魔	Fiends appearing to La Pucelle

地点

部分在英格兰,部分在法兰西

亨利六世(上)

年轻时的亨利六世

本书插图选自《莎士比亚戏剧集》(由查尔斯与玛丽·考登·克拉克编辑、注释,以喜剧、悲剧和历史剧三卷本形式,于1868年出版),插图画家为查尔斯·奈特。

第一幕

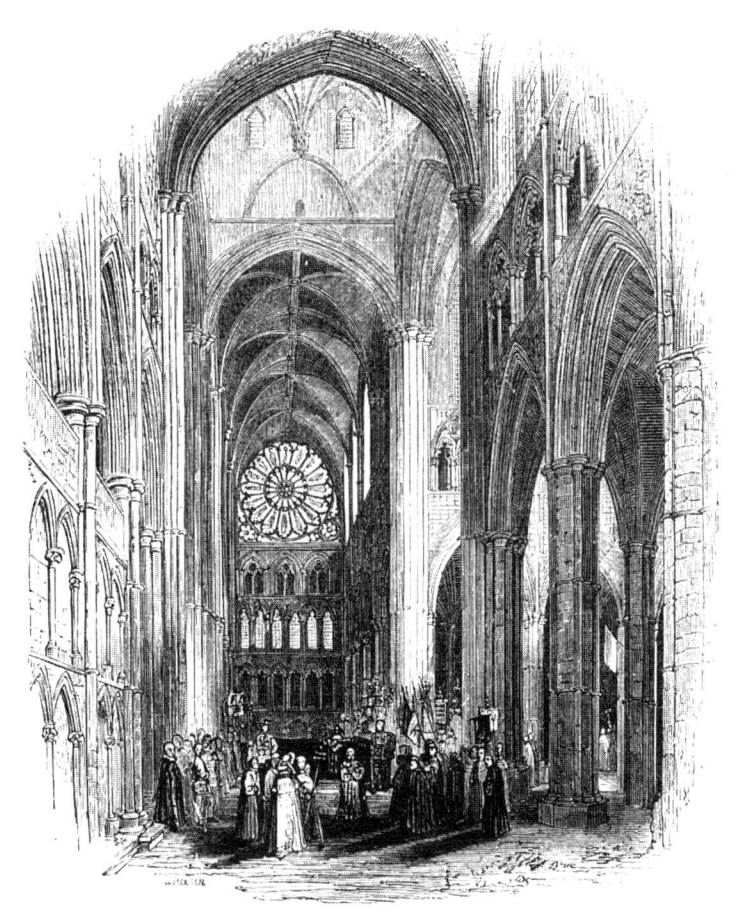

威斯敏斯特教堂

第一场

伦敦,威斯敏斯特教堂

(奏送葬曲。英王亨利五世出殡,送葬者有法兰西摄政王贝德福德公爵;护国公格罗斯特公爵;埃克塞特公爵,沃里克伯爵,温切斯特主教及传令官等。)

贝德福德　　挂起黑色天幕[1],白昼给黑夜让路!预示时局变化的彗星,在天上挥舞你们闪光的秀发[2],鞭打一脸凶相的反叛星辰,它们合谋害死了亨利!亨利五世国王,名声太大命不长[3]!英格兰从未失去过如此英明的一位君王。

格罗斯特　　在他之前,英格兰没有谁是真正的国王。他战功卓著,足以号令三军;他挥起宝剑,寒光一闪,亮瞎人眼;他双臂展开,比龙的翅膀还宽;他两眼放光,充满怒火,射在敌人脸上,

---

[1] 此处或以舞台上方的黑幕代指天空(heavens)。有莎学家指出,伊丽莎白时代的剧场演出悲剧时,按惯例,舞台上方悬挂黑幕。

[2] 秀发,即彗星的尾巴。

[3] 亨利五世在位9年,死时年仅35岁。

贝德福德公爵

	比正午的骄阳更暴烈,叫敌人头晕眼花、赶紧退缩。怎么说呢?他的功绩胜过所有言辞;他无需挥剑便能征服一切敌人。
埃克塞特	我们身穿黑丧服致哀,为何不能以血①悼亡?亨利已死,永不复生;我们陪护一具木②棺,以庄严的出殡颂扬死神丢脸的胜利,活像绑在一辆凯旋战车上的战俘③。怎么!该诅咒那些阴谋毁掉我们荣耀的灾星,还是该记住法国那些狡诈的巫师术士?他们怕他,用魔法符咒害他丢命。
温切斯特	他是受"万王之王"④保佑的一位国王。对于法国人,他一露面,简直比可怕的末日审判更可怕。他为天主征战⑤,教会的祈祷⑥使他如此成功。

---

① 指对法开战。
② 原文为wooden,木,或有"毫无知觉,死气沉沉"之意味。
③ 古罗马大将征战凯旋之时将战俘绑在战车上炫耀胜利。
④ 对耶稣基督的尊称,参见《新约·启示录》17:14:"他们要跟羔羊作战,但羔羊要击败他们,因为他是万主之主,万王之王。"19:16:"在他的袍子和腿上写着'万王之王,万主之主'这一名号。"《新约·提摩太前书》6:14—15:"直到我们的主耶稣基督显现,……那可受颂赞、独一无二的主宰,万王之王,万主之主。"
⑤ 亨利五世被视为"大卫",参见《旧约·撒母耳记(上)》25:28:"耶和华必为我主建立坚固的家,因我主为天主征战。"《旧约·诗篇》24:10:"我(上帝)要使他(大卫)永远治理我的子民和我的国;他的王朝永远存续。"
⑥ 此处或有两层意涵:1. 温切斯特主教曾私下祈祷亨利五世垮台;2. "祈祷"(prayed)与"捕食""掠夺"(preyed)谐音双关。

格罗斯特	教会！它在哪儿？若非教士们祈祷，他的生命线①还不至于毁得这么快。你们没谁不喜欢一位软弱的君主，像个学童似的被吓唬住。
温切斯特	格罗斯特，甭管我们喜不喜欢，身为护国公②，你正盼着对太子和王国发号施令。你那傲慢的老婆把你唬住了，你对她比对上帝或虔诚的教士们更敬畏。
格罗斯特	别提什么宗教，因为你只爱世俗享乐③，一年到头，除了祈祷对抗仇敌，你从不进教堂。
贝德福德	行了，别吵了，你俩都让脑子消停会儿。咱们上祭坛，——传令官，左右伺候。（送葬队伍下。）——既然亨利已死，武器再无用处，咱们拿武器献祭，不用黄金。后代子孙，等着坏年头儿吧，到时候，婴儿只能吸吮母亲湿润的双眼，咱们这岛将变成一个只有咸泪的奶妈④，只剩下女人为死者哀号。——亨利五世！我祈求你在天之灵，保佑这个王国，免遭内

---

① 原文为 thread of life，生命线，指古希腊神话中由命运三女神克洛托(Clotho)、拉克西丝(Lachesis)、阿特洛波斯(Atropos)主司的生命线。

② 原文为 Protector，护国公，代理朝政者。亨利五世死时，亨利六世尚在襁褓中。

③ 格罗斯特暗讽温切斯特只追求性享乐。

④ 此处，"第一对开本"为"奶妈"(nourish, i.e. nurse)，"牛津版"为"沼泽"(marish)，意即"一片咸泪的沼泽"。

战之乱!在天上同那些灾星①作战!你的灵魂将化作一颗星辰,远比尤里乌斯·恺撒②更荣耀,或者,明亮的——

(一信差上。)

信差　　　诸位尊贵的大人,向各位请安!我从法兰西带来不幸的消息,都是失地、屠杀和溃败:吉耶纳、尚佩涅③、鲁昂、兰斯、奥尔良、巴黎、吉索尔、普瓦捷,全部沦陷。

贝德福德　你这家伙,在亨利的尸体前说什么鬼话!小点儿声,否则,那些大城镇的陷落会让他诈尸还魂,从棺材内的铅壳④里冲出来。

格罗斯特　巴黎沦陷?鲁昂投敌?即便亨利死而复生,这些消息也足以叫他再死一回。

埃克塞特　它们怎么丢的?用了什么计谋?

信差　　　毫无计谋,只是缺人少钱。士兵们抱怨,你们这儿分成几派,本该备战迎敌,你们却在为派谁统兵争执不休。有人要以小代价打消耗

---

① 旧时认为人的命运由星宿主宰。
② 按古罗马传说,恺撒死后,灵魂化为一颗耀眼的星辰。
③ 原文为 Champagne,尚佩涅,应为贡比涅(Compiegne)。亨利五世死于1422年,此处有七个城市在其死后陷落,而不是八个,分别是:贡比涅(1429)、兰斯(1429)、奥尔良(1429)、普瓦捷(似应为"帕泰"Patay,1429)、巴黎(1437)、鲁昂(1449)、吉耶纳(1451)。莎士比亚在此将历史移花接木,把不同年代的历史事件凑在一起。
④ 木棺里的铅壳内衬。

　　　　　　　战；另一位要速战，却没长翅膀；第三位想不花一文钱，单凭耍嘴皮子①便能赢得和平。醒来吧，醒来吧，英格兰的贵族们！莫让懒惰使你们新创建的荣耀黯淡无光：你们盾徽上的鸢尾花②被割掉了；英格兰的盾徽，也给砍下一半③。（下。）

埃克塞特　　倘若我们这次出殡缺乏眼泪，这消息可使英格兰泪水横流。

贝德福德　　身为法兰西摄政王，此事与我有关。——把盔甲给我，我要为夺回法兰西的领地而战。这丢脸的丧服，滚吧！（脱掉丧服。）

　　　　　　　我要让法兰西以伤口替代双眼，
　　　　　　　为他们不时来一回的灾难哭泣。

（又一信差上。）

信差乙　　诸位大人，请看这些信，全是不幸的坏消息。除了几个不值一提的小城镇，整个法兰西都背叛了英格兰：王太子查理在兰斯加冕为王④；

---

① 原文为 guileful fair words，耍嘴皮子，直译为"虚伪的漂亮话"。
② 原文为 flower-de-luces，鸢尾花，法兰西的象征。英王爱德华三世（Edward Ⅲ，1312—1377）自称有权继承法国王位之后，鸢尾花图案便加在英格兰皇家盾徽上。
③ 英军被法军击败，城镇沦陷，鸢尾花图案便从英格兰皇家盾徽上去除。
④ 历史上的查理王太子先于1422年在普瓦捷宣布继承法兰西王位，自称查理七世，后于1429年，在"圣女贞德"的支持下，在法国历代国王加冕的兰斯大教堂加冕，正式成为法兰西瓦卢瓦王朝第五任国王查理七世（Charles Ⅶ，1403—1461），因其最后打赢了英法百年战争，被称为"胜利者查理"。在此，莎士比亚为剧情所需，将查理王太子1429年在兰斯加冕提前了7年。

		奥尔良的私生子①与他联手;安茹公爵雷尼耶支持他;阿朗松公爵也投奔了他。(下。)
埃克塞特	王太子加冕为王!全都投奔他了?啊,我们去哪儿才逃得过这场耻辱?
格罗斯特	除了奔向敌人的咽喉,我们无处可逃。——贝德福德,你若松弛懈怠,我去拼死一战。
贝德福德	格罗斯特,你为何怀疑我备战之心?我已在心底召集一支军队,将法兰西蹂躏一番。

(第三个信差上。)

信差丙	诸位仁慈的大人,在你们泪洒亨利王灵柩之际,恕我到此平添悲伤,必须向你们禀告英勇的塔尔伯特勋爵②与法国人之间一场惨烈的鏖战③。
温切斯特	怎么?这一仗塔尔伯特赢了?——是不是?
信差丙	啊,不。塔尔伯特这一仗败了。战况容我详禀:8月10日那天④,这位令敌胆寒的勋爵从奥尔良突围撤退,兵员不足六千,陷入两三万

---

① 即让·德·迪努瓦伯爵(Jean de Dunois, 1402—1468),奥尔良公爵路易的私生子,查理六世(Charles VI, 1368—1422)的侄子,英法百年战争后期骁勇善战的法军将领。

② 约翰·塔尔伯特勋爵(John Talbot, 1387—1453),当时英军最著名的将领。

③ 此处应指历史上的"帕泰之战"(the battle of Patay),此战法军大获全胜,一举扭转了百年战争中对法国不利的战局。但在剧中,这场英法鏖战发生在接下来两场所描述的奥尔良突围之后。此处改写仍为剧情所需。

④ 历史上的帕泰之战发生在1429年6月18日。

法军重围,遭四面围攻,根本来不及排兵布阵。他没有包铁的尖桩①插在弓箭手的前面,只好把篱笆上的尖桩拔下来,胡乱插在地上,以此阻挡敌骑进攻。战斗打了三个多钟头,神勇的塔尔伯特,一手利剑,一手长矛,上演了超乎凡人想象的奇迹。他所向披靡,把数百敌人送进地狱;他杀红了眼,这儿,那儿,四处飞奔。法国人尖叫魔鬼拿起了武器,法军上下全惊得目瞪口呆。手下士兵见他锐不可当,厉声高喊:"塔尔伯特!塔尔伯特!"冲入战斗核心。若非约翰·福斯托夫爵士扮演了懦夫,这一战必以完胜告终。他,位于先头部队之后,目的是跟进、接应,可他没刺一枪,便怯懦地逃了,我方因此陷入重围,全军溃败,惨遭屠杀。一个低贱的瓦隆人②,为讨王太子欢心,从背后向塔尔伯特,这个法兰西集全力都不敢正脸瞧一眼的人,刺了一枪。

贝德福德　这么说塔尔伯特死了?那我宁愿抹脖子,都怪我在这儿悠闲地安享荣华,使如此可敬

---

① 两头尖的木桩,包铁的一头冲外,另一头插在弓箭手前面的地里,用以防备骑兵。
② 原文为 Walloon,瓦隆,今位于比利时南部。

|||的一位统帅,因没有援军,被人出卖,命丧胆怯之敌。
信差丙|啊,不,他还活着,成了俘虏。一起被俘的,还有斯凯尔斯和亨格福德两位大人,其余大部被杀,或同样被俘。
贝德福德|他的赎金我包了,谁也别管。我要把那个王太子倒栽葱从王座拖下来;——他的王冠便是我朋友的赎金;我要他们拿四个贵族换我们一个。——诸位,再见,我这就分派任务。我要立刻在法兰西点燃篝火,庆祝咱们伟大的圣乔治节①。

　　我要亲率一万名士兵前去征战,

　　他们的浴血战绩将令全欧震颤。(下。)
信差丙|您需要这么多兵力,因为奥尔良正遭围攻,英军越发疲惫无力。索尔斯伯里伯爵渴望援兵,因为要以那么少的兵力防备那么多敌人,阻止兵变,几无可能。
埃克塞特|诸位,记住你们向亨利立下的誓言②:要么把王

---

① 原文为 Saint George's feast,圣乔治节,4月23日,是英格兰守护神圣乔治纪念日。

② 据拉斐尔·霍林斯赫德《编年史》载:亨利五世临死前,将贝德福德、格罗斯特两位公爵,索尔斯伯里、沃里克两位伯爵召到床前,叮嘱永不许同法国王太子签约放弃任何英格兰在法兰西的领地,并命贝德福德为法兰西摄政王,强力镇压王太子,若不能使之俯首听命,便将其逐出法兰西。四位贵族立誓,谨遵王命。

	太子彻底击碎,要么给他套上轭叫他听话①。
贝德福德	牢记在心。我先行一步,去着手准备。(下。)
格罗斯特	我要全速赶往伦敦塔②,检查火炮、弹药,然后宣布年幼的亨利继任国王。(下。)
埃克塞特	我去埃尔特姆宫③,年幼的国王在那儿,我要竭尽全力保他平安,因为我受命担任他的监护人④。(下。)
温切斯特	每人各有其位,各尽其能。我因无事可做,被冷落一旁。但长久赋闲,绝非所愿。 　　我打算从埃尔特姆宫劫走国王, 　　自己把持朝政,掌控王国之船。(下。)

---

① 原文为 yoke,轭,牛轭,束缚牛命主人。此句可意译为:"要么叫他俯首听命。"
② 原文为 Tower of London,伦敦塔,皇家军械库所在地。
③ 原文为 Eltham,埃尔特姆宫,皇家宫殿,13 世纪至 16 世纪中叶,英格兰国王常驻于此。位于伦敦东南 9 英里处,通往坎特伯雷(Canterbury)必经之地。
④ 历史上,亨利六世的监护人由埃克塞特和温切斯特两位公爵共同担任。霍尔的《编年史》认定埃克塞特公爵为唯一监护人。莎士比亚照此把温切斯特写成敌对之人,意在凸显贵族之间的分裂。

第二场

法兰西,巴黎以南卢瓦尔河谷奥尔良城外附近法军营地

(喇叭奏花腔。法国王太子查理、阿朗松公爵与安茹公爵雷尼耶率众鼓手及士兵行进上。)

查理 马尔斯在尘间的准确行踪,恰如它在天上的轨迹,至今无人知晓[1]。不久前,他还照在英格兰那一边;眼下我们是胜利者,他向我们微笑。还有哪座重镇没在我们手里?如今我们在奥尔良附近安然驻扎;那些饿肚子的英国兵,像面容惨白的活鬼一样有气无力,一个月顶多围攻我们一个钟头。

阿朗松 他们吃不上大麦粥和肥牛肉,非得像喂骡子似的,把饲料挂在嘴上,不然,瞧那一脸可怜相,

---

[1] 原文为 Mars,马尔斯,既是天上的火星,又是罗马神话里的战神。1609 年由德国天文学家开普勒(Kepler, 1571—1630)发现行星运动规律之前,一般天文学家对火星准确的天体运行轨迹尚不知晓。

法国王太子查理

活像淹死的老鼠。

雷尼耶　　咱们突围吧,何必在这儿闲耗!咱们一向惧怕的塔尔伯特已遭生擒,英军只剩下脑子发热的索尔斯伯里;索性让他发通脾气,把胆汁①耗干。他无兵无饷,怎么打仗。

查理　　吹号,吹响进军号!马上发起冲锋。现在,为濒临绝境的法兰西的名誉而战!——谁见我后退半步或临阵逃脱,哪怕杀了我,我也宽恕他。

（众下。）

（战斗警号。法军被英军击退,损兵折将。查理、阿朗松与雷尼耶上。）

查理　　谁见过这种事儿?我手下都是什么人?——癞狗!懦夫!胆小鬼!——若是把我丢在敌阵里,我绝不会逃命。

雷尼耶　　索尔斯伯里真是个拼死不活的杀人狂,打起仗来不要命,其他贵族活像饿瘪肚子的狮子②,捕食猎物一般扑向我们。

阿朗松　　据我们一位同胞傅华萨③记载,爱德华三世统治时期,英格兰养育出无数的奥利维耶和

---

① 原文为 gall,胆汁,旧时以为胆汁是人的痛苦和怨情之源。
② 参见《旧约·诗篇》17:12:"他们像狮子一样要把我们撕碎。"
③ 让·傅华萨(Jean Froissart, 约1337—约1405):法国编年史家,著有《大事记》[亦称《见闻录》](*Chroniques*)]一书,记载1325—1400年间佛兰德斯、法国、西班牙及英格兰历史,1523年5月,出版英译本。

雷尼耶,安茹公爵

	罗兰①。现在更可证明这说法没错,因为他们派来打仗的,无一不是参孙和歌利亚②。以一顶十!一群瘦成骨架的劣等鹿!谁曾想,竟有如此勇气和胆量?
查理	咱们离开这座城。这群豁出命的狂徒,饥饿会逼得他们更凶猛。我深知他们,他们宁可用牙把城墙咬塌,也绝不会放弃攻城。
雷尼耶	我猜他们准在胳膊里安了什么古怪的连环件或机械装置,像钟表似的摆个不停;否则,他们撑不到现在。我同意放弃这座城。
阿朗松	这样也好。

(奥尔良的私生子上。)

私生子	王太子殿下在哪儿?我有消息禀报。
查理	奥尔良的私生子,非常欢迎你来。
私生子	我觉得您面容憔悴,脸色苍白。难道是近来的挫败造成这一伤害?不必沮丧,救援近在眼前:我带来一位圣少女③;上天向她显示异象,她受

---

① 奥利维耶(Oliver)和罗兰(Rowland):12世纪法国诗歌《罗兰之歌》(La Chanson de Roland, i.e. The Song of Roland)的两位骑士,体现出基督教所倡导的美德、英雄行为和真正的友谊。

② 参孙(Samson)和歌利亚(Goliath,或 Golias):《圣经》中力大无穷的巨人,前者事见《旧约·士师记》13—16,后者事见《旧约·撒母耳记上》17,歌利亚被大卫(David)所杀。

③ 原文为 A holy maid,一位圣少女,法语为 Jeanne la Pucelle("圣少女琼安"),即1920年被教皇本尼狄克十五世(Pope Benedict XV)封圣之后的"圣女贞德"。故在此译为"圣女贞德"显然不妥。

奥尔良的私生子

     上帝之命解除这悲惨的围攻,并将英国人逐出法兰西边界。她有精深的预言能力,比古罗马九位女先知①还灵验,过去如何,未来怎样,她能洞见一切。说吧,要不我叫她进来?信我准没错,我的话绝对可靠。

查理   去,叫她进来。(私生子下。)——不过,得先试一下她的本领。雷尼耶,你替我,假装王太子,发问时拿出威风,正颜厉色。这样我们才能测出她有多大本领。(退。)

(奥尔良的私生子,与全副武装的圣少女琼安上。)

雷尼耶   (假扮查理。)美少女,你想干一番非凡壮举?

圣少女琼安 雷尼耶,你想骗我?王太子在哪儿?——(向查理。)出来吧,别躲在后面;咱们从没见过面,但我非常了解你。不用惊讶,没什么能瞒过我。我想私下单独跟您谈谈。——诸位大人,请暂避一时,让我们聊一会儿。

(雷尼耶、阿朗松与私生子退至一旁。)

雷尼耶   头一回合她就占了上风。②

圣少女琼安 王太子,身为牧羊人的女儿,我的脑子没

---

 ① 原文为 nine sibyls,九位女先知,莎士比亚在此采用了古典时代的通常说法。其实,"九位女先知"并非古罗马独有,也有"十位女先知"之说。

 ② 此句含性意味。原文为 She takes upon her bravely at first dash. 还可译为:"她一露脸就主动出击。"或"她一上来就演得很出色。"

圣少女琼安

受过任何学习训练。蒙上天和仁慈的圣母眷顾,把神恩照在我卑微的身上。瞧!那天我正服侍小羊,灼热的太阳烤着我的面颊,圣母屈尊向我显圣,在一种充满威严的幻象中,她要我放弃卑微的活计,去解救国家的灾难。她答应帮我,保证成功。她以完美的荣耀显出真身;我生来肤色黝黑,凭她的圣洁之光,我得到祝福,便有了您现在看到的美貌①。随您怎么向我发问,我都不由自主脱口就答。假如您敢,就跟我交手试一下我的勇气,您会发现我绝非寻常女子②。

相信这点:只要您收我做您的,

作战伙伴③,您将成为幸运之人。

查理　　你口气高傲,令我吃惊。我只能凭你我单挑,贴身肉搏④,测试你的勇气。只要你赢了我,我信你为真;否则,宣布对你全无信任。

---

①　参见《旧约·雅歌》1:5—6:"耶路撒冷的女子们哪,/ 我虽然黝黑,却是秀美 / ……/ 不要因我的肤色轻视我,/ 是太阳把我晒黑了。"

②　原文为 I exceed my sex. 此处译作"我绝非寻常女子",直译为:"我超出了我的性别。"

③　原文为 warlike mate,"作战伙伴",在此含性意味,"伙伴"(mate)暗指"性伙伴"(sexual partner)。

④　原文为 buckle,"贴身肉搏",含有性意味,暗指"性交"(have sex)。

圣少女琼安	我早有准备：这是我锋刃的利剑，每面饰有五朵鸢尾花；这是我在都兰①圣凯瑟琳②教堂院落，从一大堆旧兵器里挑出来的。
查理	那来吧，以上帝的名义，我不怕女人。
圣少女琼安	只要我还活着，决不从男人面前逃走③。

（二人交手，圣少女琼安获胜。）

查理	停，住手！你是个亚马孙女战士④，用底波拉⑤的剑作战。
圣少女琼安	我有基督的母亲相助，不然软弱无力。
查理	甭管谁帮你，你非帮我不可。我急不可耐，和你一样，燃起战斗渴望⑥：你同时征服了我的心和双手。非凡的少女，假如这是你的名字，便叫我做你的仆人，而非君王。这是法国王太子向你求爱。
圣少女琼安	任何求爱，我一律不接受，因为我有上天赋予的神圣事业。等驱逐了你所有敌人，我再考虑如何回报。

---

① 都兰(Touraine)：法国中部一地区。
② 圣凯瑟琳(Saint Katherine)：公元 4 世纪时的圣徒、殉教贞女，在罗马帝国统治下，因信奉基督教被斩首。圣女贞德宣称圣凯瑟琳向她显灵。
③ 此句或是圣少女琼安不知情的性暗示。
④ 原文为 Amazon，亚马孙，古希腊传说中的亚马孙女战士族。
⑤ 底波拉(Deborah)：古希伯来女先知，率军战胜迦南国王，事见《旧约·士师记》第 4—5 章。
⑥ 原文为 desire，渴望，暗含燃起性欲望之意。

查理	眼下还请怜爱拜倒①在你面前的奴隶。
雷尼耶	(向一旁其他人。)依我看,咱王太子的话太长了。
阿朗松	多半他要到这女人的内衣里去听忏悔求恕罪,否则,他不会扯这么长。②
雷尼耶	长得没边儿了,咱们打断一下?
阿朗松	他什么心思,我们这等可怜人怎么弄得清③。这种女人才狡猾,专凭巧舌诱惑人。
雷尼耶	殿下,您有什么打算?如何决断?放弃奥尔良,还是不?
圣少女琼安	哎呀,不可,我说:胆怯的懦夫们,我做你们的护卫,战斗到最后一息!
查理	她说的,我同意,我们要战斗到底。
圣少女琼安	上帝派我来惩罚英国人。我保证今夜解围。有我投入战斗,你们就期待圣马丁之夏④和翡翠鸟孵卵的日子⑤吧。荣耀像水面上的一个圆圈儿,不停向外扩展,直到消失不见。

---

① 原文为 prostrate,拜倒,以此比喻"因爱而折服"。查理被琼安打败,此时可能还倒在地上,没有起身。
② 此句含性意味。"听忏悔求恕罪"(原文为 shrives),亦有"给人宽衣解带""与人性交"之意。"扯"(原文为 protract),含阴茎勃起之意。
③ 原文为 know,弄清,此处或含性意味,因"弄清"亦有"性交"之意。
④ "圣马丁之夏"(Saint Martin's Summer):11 月 11 日为圣马丁节,在此指岁末年尾一段好天气。
⑤ 原文为 halcyon,翡翠鸟孵卵的日子,相传翡翠鸟(或太平鸟)只在风平浪静的水面孵卵。以此指太平日子。

> 亨利死亡之时，便是英格兰的圆圈儿终止之日：圈儿里的荣耀消亡殆尽。此时，我就像那艘骄傲、狂喜的小船，恺撒和他的好运同在船上①。

查理　穆罕默德不是由一只鸽子领受神示吗？②那你是凭一只老鹰③获得灵感。无论伟大的君士坦丁之母海伦④，还是圣腓力的几个女儿⑤，都比不过你。明亮的晨星维纳斯⑥啊，你降临尘间，我如何才能倾尽虔诚的崇敬？

阿朗松　别再耽搁，我们去解围。

雷尼耶　女人，尽你所能保全我们的荣誉；把他们从奥尔良赶走，赢得不朽之名。

查理　咱们马上去试。——来，出发。——若证明她有假，我再不信什么先知。（同下。）

---

①　事见罗马帝国时代希腊作家、历史学家普鲁塔克（Plutarchus，约46—120）所著《希腊罗马名人传·恺撒》，描述恺撒微服出访，搭乘十二桨小船从亚得里亚海（Adriatic）返回意大利布林迪西（Brundusium），中途遇风浪，船主命立即返航，恺撒不惧，握住船长的手，命其继续前行，因为恺撒和恺撒的好运同在船上。

②　传说伊斯兰教先知兼创立者穆罕默德，由一只鸽子在他耳边低语得到神示。怀疑者认为他不过在耳朵里放了谷粒，训练鸽子啄食。

③　圣少女琼安自比使徒约翰，约翰的象征物是一只雄鹰。

④　原文为Helen，海伦，罗马帝国君士坦丁一世（Aurelius Constantine，272—337）的母亲；相传由异象显灵，海伦发现了耶稣受难的十字架，亦称"真十字架"（true cross），促使君士坦丁大帝皈依基督教，基督教由此成为罗马帝国的国教。

⑤　原文为Saint Philip's daughters，圣腓力的几个女儿，此处是对《圣经》的化用，典出《新约·使徒行传》21:9，载"腓力有四个未婚的女儿，都受神恩传讲上帝的信息"。

⑥　原文为Venus，维纳斯，罗马神话中的爱神，亦指天宇中的晨星。

伦敦塔

第三场

伦敦,伦敦塔前

(格罗斯特公爵率身穿蓝色制服的数名男仆自城门上。)

格罗斯特　　今天我来此检查伦敦塔。亨利死后,我担心有人耍花招。——守卫去哪儿了?为何不守

	在这儿?(数男仆敲门。)开门!格罗斯特在叫门。
守卫甲	(在内。)什么人敲门敲得这么凶?
仆人甲	是高贵的格罗斯特公爵。
守卫乙	(在内。)不论谁,一律不准进。
仆人甲	混蛋,敢对护国公大人如此答话?①
守卫甲	(在内。)上帝保护他,我们就这么答话。奉命行事,没辙。
格罗斯特	奉谁的命?除了我还有谁下命令?除了我,王国没有第二个护国公。——(向数男仆。) 把门撞开,我给你们作保②。我岂能受粪夫如此嘲弄?

(格罗斯特的仆人冲击塔门。伦敦塔卫队长伍德维尔于内发话。)

伍德维尔	(在内。)这什么声音?有人谋反不成?
格罗斯特	卫队长,说话的是你吗?开门。我是格罗斯特,放我进来。
伍德维尔	(在内。)忍耐一下,高贵的公爵,这门开不得。温切斯特红衣主教③不许。他明令示下,您或您的家人,都不准进塔。
格罗斯特	软蛋伍德维尔!——跟我比起来,你更尊重他?狂妄的温切斯特,那个傲慢的主教,连我

---

① 参见《新约·约翰福音》18:22:"耶稣说了这话,旁边有个守卫一巴掌打他脸上,说:'你竟敢这样回答大祭司!'"
② 可意译为:"出了事儿我兜着。"
③ 此乃莎士比亚笔误,温切斯特这时是主教,第五幕第一场中才升任红衣主教。

	们已故的君主亨利都不堪忍受的那位？你不是上帝之友，也不是国王的朋友。开门！否则，我马上免你的职。
仆人甲	给护国公大人开门。再不快点儿，我们就把门撞开。

(温切斯特主教率身穿黄褐色制服的数名男仆上，至伦敦塔门处的护国公面前。)

温切斯特	怎么回事，利欲熏心的仲裁者①！这什么意思？
格罗斯特	秃顶教士②，是你下令将我拒之门外的？
温切斯特	是我，你这大逆不道的叛徒，根本不是国王或王国的"护国公"！
格罗斯特	退后，你这货真价实的阴谋家，是你图谋害死先王，是你把赎罪券③给了妓女纵容罪恶④。你若再这样骄横，我就用宽大的红衣主教帽子兜住你，抛上去，再丢下来。⑤

---

① 原文为 umpire，仲裁者，此为"第二对开本"对"第一对开本"中"Vmpheir"一词的校订。"牛津版"作"汉弗莱"（Humphrey），即格罗斯特公爵的教名。

② 旧时天主教士的发式，是把头顶的头发剃光。

③ "赎罪券"（indulgences）：从教会购买用来赎罪的官方文件。

④ 温切斯特主教教座位于伦敦泰晤士南岸南华克区（Southwark），在那儿拥有并出租土地。当时，那里是声名狼藉的妓院区，而且，在俚语中，妓女被称为"鹅"（geese）。

⑤ 原文为 canvass，抛上丢下，原为一种惩罚人的方式，即把人放在帆布或毯子里抛上、丢下。"红衣主教帽"（cardinal's hat）是南华克区一家老字号妓院。但在剧情中，此时的温切斯特只是一名"主教"（Bishop），尚未升任"红衣主教"（Cardinal），故"红衣主教帽"之说与实情不符。

温切斯特	不,你退后,我一步不退。只要称你心,这儿就是大马士革,你是受诅咒的该隐,把你兄弟亚伯杀了吧。①
格罗斯特	我不杀你,但要赶走你,拿你这身红袍子当婴儿的受洗襁褓,把你包起来从这儿弄走。
温切斯特	只要你敢,我就当面揪你胡子②。
格罗斯特	怎么!当面揪我胡子③,向我挑战?——随从们,拔剑,管它什么皇家禁地④。(众仆人拔剑。)蓝服对黄衣!——教士,当心你的胡子。(格罗斯特及其仆人进攻红衣主教。)我要揪住它,把你臭揍一顿。我要把你红衣主教的帽子⑤放脚下踩,甭管教皇或教会显贵怎么看,我都要拽住你的双颊,把你在这儿拖上拖下。
温切斯特	格罗斯特,你会为此在教皇面前付出代价。
格罗斯特	大腿根儿长疮的温切斯特!⑥我叫喊,"拿绞

---

① 此处是对《圣经》中"该隐杀弟"故事的化用,事见《旧约·创世记》4:8。相传今叙利亚首都大马士革(Damascus)即为当初亚当(Adam)、夏娃(Eve)之子"该隐"(Cain)杀死亲弟弟"亚伯"(Abel)之地。
② "当面揪你胡子"为挑衅性的侮辱用语,意即"向你发起挑战"。
③ 意思是:你竟敢当面羞辱我?
④ 伦敦塔作为英王宫廷的一部分,属于皇家禁地,在此拔剑打斗,乃非法行为。
⑤ 有的版本将"帽子"(hat)改为"法冠"(miter),则为:"我要把你红衣主教的法冠放脚下踩。"
⑥ 格罗斯特讥讽温切斯特因嫖妓大腿根儿长出杨梅大疮。

索,拿绞索!"①——(向仆从。)快把他们打走,怎么还让他们待在这儿?——(向温切斯特。)我要追猎②你,你这身披羊皮的狼③!——滚,黄皮怪!——滚,红衣伪君子!

(格罗斯特的仆人追打温切斯特主教的仆人,喧嚣骚乱中,伦敦市长偕治安官上。)

伦敦市长　　呸!二位大人,你们身居高位,竟如此不顾体面,扰乱治安!

格罗斯特　　治安!市长,你可冤枉我了,这个贝德福德,上帝、国王,他都不放在眼里,他把伦敦塔抓在手里,据为己用。

温切斯特　　这个格罗斯特,——公民的敌人,一向促战,从不主和,他课以重税,为发动战争募集经费;仗着是王国护国公,他力图推翻教会;他还想把伦敦塔的盔甲弄出去,废掉幼主,自己加冕国王。

格罗斯特　　对你只能动手不动口。(双方再次进行小规模冲突。)

市长　　　　我对这骚乱的冲突毫无办法,只能发布公

---

① 意思是:"拿绞索吊死他!"
② 原文为 chaste,追猎,狩猎术语,意即"我要把你当猎物来追"。
③ 参见《新约·马太福音》7:15:"你们要提防假先知。他们来到你们面前,外表看似绵羊,里面却是凶狠的狼。"

	告。——来,治安官,尽你最大嗓门儿宣读。(将一纸文书交治安官。)
治安官	(读。)今天凡携带武器聚集于此,扰乱上帝和国王治安者,我们以国王的名义,命令你等各回居所,以后不得佩戴、操持或使用任何刀剑、武器或匕首,违者一律处死。(双方冲突停止。)
格罗斯特	红衣主教,我不愿做违法之人。我们还会碰面,到时把脑子里想的说敞亮。
温切斯特	格罗斯特,下次遇见,一定叫你付出代价。为今天这事儿,我要叫你心底流血。
伦敦市长	你们再不走,我就招呼学徒工拿棍棒制止骚乱①。——这个红衣主教比魔鬼还骄狂。
格罗斯特	市长,再会。你这么做也是职权所在。②
温切斯特	可憎的格罗斯特,护好你的脑袋,因为过不多久,我要把它弄下来。(格罗斯特和温切斯特各率仆人分头下。)
伦敦市长	眼见清场,那我们也离去。—— 　　仁慈的上帝,这些贵族如此好斗! 　　活了四十年,我从没打过一次架。(同下。)

---

① 原文为 call for clubs,招呼棍棒,当街头出现混乱,市长有权招呼伦敦的学徒工们携带棍棒帮助维持治安。
② 伦敦市长对伦敦城内之事有权做出处置。

第四场

法兰西,奥尔良城外

(奥尔良公国炮兵队长及其子在城墙上。)

炮兵队长　　小子①,奥尔良如何被围,英军如何占领城郊,你是知道的。

队长之子　　父亲,我知道。我常向他们开炮,可惜运气不佳,一炮未中。

炮兵队长　　现在不用了。听我指挥:我是这座城的炮兵队长,非得做点儿什么,才能获得荣誉。王太子的密探告诉我,英军在城郊构筑防御工事,老透过那边高塔铁栅栏上一扇隐秘的格子窗俯视城里,从那儿一旦发现有利战机,便可凭炮击或进攻骚扰我们。为阻截这一危害,我备好一门大炮对准它,我在这儿守了

---

① 原文为 sirrah,小子,在此,既是上级对下级的称谓,也是父亲对儿子的昵称。

三天，只等他们露头儿。我已经撑不住了，现在由你来守。一见有人，立刻跑来送信儿，我在总督府等你。(炮兵队长下。)

队长之子　父亲，我向您保证，您不用担心，我若发现他们，决不来打搅您。(下。)

[索尔斯伯里与塔尔伯特，与其他人(包括托马斯·加格拉夫爵士和威廉·格兰戴尔爵士)，出现在塔楼上。]

索尔斯伯里　塔尔伯特，我的生命，我的欢乐，又回来了！被俘后，他们怎么对你的？你怎么获释的？我请你，就在这塔楼顶上详述一番。

塔尔伯特　贝德福德公爵手里有个俘虏，人称勇敢的庞顿·德·桑特拉耶勋爵，跟他交换，我被赎了回来。但有一次，他们想羞辱我，要拿一名军衔远比我低的小卒子跟我交换。对此，我宁愿蔑视、鄙夷死神，唯求一死，也不愿如此屈尊。总之，按照我的意愿，我被赎了回来。可是，啊，奸诈的福斯托夫伤了我的心！此时他若落入我手，我非用两只空拳弄死他不可。

索尔斯伯里　你还没说遭了怎样的对待。

塔尔伯特　嘲弄、讥讽和轻蔑的挖苦。他们把我弄到露天市场，作为一个奇观示众，"看这儿，"他们说，"令法国畏惧的人，吓坏咱们孩子的

塔尔伯特勋爵,后为什鲁斯伯里伯爵

稻草人。"后来，我挣脱了军官们的控制，用指甲从地面抠出石头，投向围观我出丑的看客。我满脸凶相，把那些人全吓跑了。没人敢靠近，生怕当场毙命。四面铁墙还不能让他们对我放心，我的威名传开，他们怕得要命，都以为我能手撕铁栅栏，一脚踢碎坚硬的石柱。因此，派了一队神射手守在我身边，踱来踱去，一刻不停。只要我一从床上爬起来，他们就随时准备射中我的心脏。

(炮兵队长之子[1]手持一杆点燃的火绳枪，过场即下。)

索尔斯伯里　听你遭了这么大罪，我很难过；但我们要把仇报个够。现在奥尔良城里正吃晚饭。这儿，从这扇格窗，能把法国人一个个数出来，还能看清他们如何设防。都来瞧一眼，那景象肯定叫你们开心。——托马斯·加格拉夫爵士，威廉·格兰戴尔爵士，二位说个准话，下一次炮击轰哪儿最好。

(他们透过铁格窗观察。)

加格拉夫　　照我看，轰北门，因为贵族们都在那儿。
格兰戴尔　　要我说，这儿，对准桥头堡。
塔尔伯特　　以我之见，这座城一定饿坏了，或投入小

---

[1] 此处"牛津版"舞台提示为"一个男孩"(the boy)。

	规模战斗就能削弱它。(法军开炮。索尔斯伯里与托马斯·加格拉夫倒下。)
索尔斯伯里	主啊！宽恕我们这些可怜之人。
加格拉夫	主啊！宽恕我这个苦命人。
塔尔伯特	什么样的不幸事件突然阻挠了我们？说话呀，索尔斯伯里；若能开口，至少说句话。你这一切军人的楷模，怎么样啦？一只眼，半边脸，都炸掉了！——该遭诅咒的高塔！该受诅咒的酿下这一惨剧的毒手！十三次战斗，索尔斯伯里攻无不克；亨利五世的战法最先由他训练。一听号角鸣，战鼓响，他便挥剑厮杀疆场永不停手。——索尔斯伯里，你还活着吗？你无法开口，但还有一只眼，能遥望上天降临恩典。太阳只凭一只眼观望世间一切。——上天，倘若索尔斯伯里得不到你的悲悯，就别让任何活人得到你的仁慈！——托马斯·加格拉夫爵士，你还有口活气儿吗？跟塔尔伯特说句话。不，抬眼看他。——把他的遗体抬走，我帮着掩埋。(一人携加格拉夫尸体下。)——索尔斯伯里，愿这一安慰使你精神振作：你不会死的。——他招手示意，冲我微笑，仿佛在说，"等我死去，记住替

我向法国人复仇。"——普朗塔热内①,我记住了;尼禄②,我要像你一样,边弹琉特琴③,边看大火焚城。我一报名姓,法兰西就要遭殃。(一声战斗警号。雷电交加。)——这是什么骚动?天上出了什么乱子?打哪儿来的这警号、噪音?

(一信差上。)

信差　　大人,大人,法国人集结了一支军队,王太子,与圣少女琼安,一位刚冒出来的圣女先知,率大军前来解围。

(索尔斯伯里直起腰来,发出呻吟。)

塔尔伯特　　听,听,垂死的索尔斯伯里发出呻吟!未能复仇,他心痛不已。——法国人,我这就接替索尔斯伯里④:——甭管什么妓女、圣女,海豚还是狗鲨⑤,我要用战马的铁蹄把你们的

---

① 即"金雀花王朝"(Plantagenet, 1154—1485)的姓氏:托马斯·蒙塔库(Thomas Montacute, 1388—1428),索尔斯伯里四世伯爵(4th Earl of Salisbury),爱德华三世之后,故塔尔伯特在此以"普朗塔热内"称之。索尔斯伯里伯爵跟随亨利五世,参加了1415年阿金库尔之战。亨利五世去世后,他是英军最精通战法的军人。
② 尼禄(Nero, 37—68):罗马帝国第五位皇帝,后人以"罗马暴君"称之,相传曾命人演奏音乐,笑看一半罗马城被烧。
③ 原文为 Lute,琉特琴,古代欧洲一种曲颈拨弦的乐器,形状类似中国的琵琶。
④ 此句直译为:"我将成为一个你们的索尔斯伯里。"(原文为 I'll be a Salisbury to you.)意思是:我要为索尔斯伯里向你们复仇。
⑤ 原文为 dolphin,海豚,与"王太子"(Dolphin)谐音双关。原文为 dogfish,狗鲨,一种小鲨鱼。

心脏踩出来,把你们混在一起的脑浆子踏成一片沼泽①。——把索尔斯伯里抬进营帐;我倒要试试这些法国懦夫敢怎么样。(战斗警号。同下。)

---

① 可意译为:"把你们混在一起的脑子踏成稀巴烂。"

奥尔良城外

第五场

法兰西,奥尔良城外

(战斗警号。塔尔伯特追击法国王太子,追击同下;圣少女琼安追击英军上,随后下。塔尔伯特再上。)

塔尔伯特　我的力量,我的勇气,我的军队,在哪儿?英军退却,我无法阻止。一个穿铠甲的女人在追击他们。

(圣少女琼安上。)

　　　　　　　她来了，她来了。我要跟你交手打一仗①：管你是魔鬼，还是魔鬼他妈，我都要降伏②你。我要吸你的血③，——你是一个女巫，——我要马上把你的灵魂送给你服侍的魔鬼④。

圣少女琼安　　来吧，来，只有我能叫你丢脸。

(两人交手。)

塔尔伯特　　　上天，地狱⑤如此获胜你也能忍？只要能惩罚这个狂妄的娼妓，我愿一逞豪勇迸裂胸膛，两臂从双肩裂开。(再次交手。)

圣少女琼安　　塔尔伯特，再会；还没轮到你死⑥。我必须马上给奥尔良运粮草。

(一阵短促的战斗警号。随后圣少女琼安领法军入城。)

　　　　　　　若有本事，就来追我。你的力量我瞧不上眼。去，去，安慰你饿瘪肚子的部下；帮索

---

① 此处含性意味，暗指"性交一回"。
② 原文为 conjure，降伏，专指以符咒驱除魔鬼；含性意味，指塔尔伯特要在性上把琼安制服。也可译为："魔鬼也好，魔鬼他妈也罢，反正我都要驱魔。"
③ 旧时迷信吸女巫身上的血可受其符咒保护。
④ "服侍的魔鬼"：既指魔鬼，亦指法国王太子。
⑤ 原文为 hell，地狱，泛指邪恶的魔鬼。参见《旧约·诗篇》94:3："上主啊，邪恶之人还剩多少日子？"《新约·马太福音》16:18："(耶稣说)我要建立教会，甚至死亡的权势也不能战胜它。"
⑥ 直译为："你的时候还没到。"(原文为 thy hour is not come yet.)参见《新约·约翰福音》2:4："耶稣说：'母亲，请你别勉强我做什么，我的时候还没到。'"7:30："他们想逮捕他，但没有人下手，因为他的时候还没到。"

|塔尔伯特|尔斯伯里立遗嘱;今天我们赢了,这样的胜利日子以后多着呢。(下。)
我脑子转得像一个陶工的旋盘;我既不知身在何处,也不知所做何事:一个女巫,凭恐怖,不凭武力,像汉尼拔[1]一样,击退我军,赢得胜利,打仗随心所愿,就像我们用烟把蜜蜂驱离蜂巢,用恶臭的毒气把鸽子驱离鸽房。当初,因我们凶猛,他们骂我们英国狗;眼下,我们真跟小狗似的,边叫边逃。(一阵短促的战斗警号。)——听,同胞们!要么再战一次,要么把那几只狮子从英格兰盾徽[2]上扯下来;宣布放弃国土,用绵羊替换狮子。羊见了狼,牛马见了豹,逃得再怯懦,跟你们见了常年征服的奴隶相比,一半都不及。(一阵战斗警号。两军再次交兵。)这么打没用。——退回战壕。索尔斯伯里的死,你们都是同谋,因为你们谁也不愿奋勇一击为他复仇。——琼安进了奥尔良城,她鄙视我们,在她眼里我们一事无成。啊!愿与索尔斯伯里一同战死!这

---

[1] 汉尼拔(Hannibal Barca,前247—前183):北非古国迦太基著名将领,曾在一次与罗马军队作战中,用"火牛阵"(将火把绑在一大群牛的角上)击退强大的罗马军。

[2] 指英格兰王国盾徽上的三只平卧的金狮子。当时,"三狮"占盾徽四分之三,象征法兰西的鸢尾花占四分之一。

样的耻辱,叫我恨不能把头藏起来。(塔尔
伯特下。)

(战斗警号。退兵号。喇叭奏花腔。)

第六场

法兰西,奥尔良城外

(喇叭奏花腔。圣少女琼安、查理王太子、雷尼耶、阿朗松及士兵等携军旗出现在城墙上。)

圣少女琼安　　让我们的战旗在城头飘扬,我们已从英国人手里救出奥尔良。——如此,圣少女琼安便履行了她的诺言。

查理　　　　　最神圣的生灵,阿斯特莉亚[①]的女儿,为这场胜利我该怎样封赏你?你的诺言像阿多尼斯的花园[②],头天开花,次日结果。——法兰西,为你荣耀的女先知狂欢吧!——奥

[①] 原文为 Astraea,阿斯特莉亚,罗马神话中的正义女神,亦为星空女神和纯洁女神,其形象为背生双翼,手持火炬,闪烁光芒的少女。传说"黄金时代"活在人世,后因人世堕落,于"铁器时代"升天,化为"处女"星座,即"处女座"。

[②] 原文为 Adonis' garden,阿多尼斯的花园,阿多尼斯是希腊神话中被爱神阿芙洛狄忒(Aphrodite)追求的美少年,乃春天植物之神。"阿多尼斯的花园"指花园中的植物具有非凡的生殖能力,四季繁茂。

尔良城失而复得，我国从没降临过比这更大的祝福。

雷尼耶 为何不叫全城回荡钟声？王太子，命城民们点燃篝火，在街头设宴欢庆，庆上帝赐予我们欢乐。

阿朗松 当听到我们如何英勇，全法兰西都将充满欢笑和快乐。

查理 打赢这一仗的，是琼安，不是我们。为此，我要把王冠分她一半，还要让王国的所有教士、修士列队上街，为她唱无尽的赞歌。我要为她树立一座金字塔，比孟菲斯的洛多佩①的那个更宏伟。等她死后，为纪念她，我要把她的骨灰放入一个骨灰瓮，那瓮比大流士②盛满珠宝的箱子更贵重，每逢重要节日，就把它运到法兰西历代国王、王后面前。我们不再欢呼圣丹尼斯③，圣少女琼安将是法兰西的圣人。

---

① 原文为Rhodope's Memphis，孟菲斯的洛多佩，相传洛多佩（Rhodope）是古希腊一代名妓，后嫁给孟菲斯（Memphis）一位国王，建起埃及第三座金字塔。

② 原文为Darius Ⅲ Codomannus，大流士，即"大流士三世科多曼"，波斯帝国末代君王，公元前336—前331年在位，被马其顿王国亚历山大大帝（Alexander the Great, 前356—前323）征服。相传亚历山大酷爱荷马诗篇，行军打仗，夜晚置于枕下，白天放入"大流士盛满珠宝的箱子"。

③ 原文为Saint Denis，圣丹尼斯，旧译"圣但尼"，法兰西的守护神，公元250年将基督教传至巴黎，并担任第一任主教。272年因传教被斩首殉教。直到498年，法兰克王国克洛维一世（Clovis Ⅰ, 466—511）成为第一位皈依基督教的法国国王。

进来，让我们盛宴欢庆，

庆祝这金子般的胜利日。（喇叭奏花腔。同下。）

查理七世和圣少女琼安纪念碑上的画像

第二幕

第一场

奥尔良城外

(一法军中士率两哨兵上。)

法军中士　二位,执勤站岗多留心,一有动静,或发现敌兵靠近城墙,便给警卫室发个明确信号,好让我们知道。

哨兵甲　遵命,中士。(中士下。)当兵就这么可怜,——别人在床上安睡,——咱们却不得不在黑暗、冷雨、凉风中放哨。

(塔尔伯特、贝德福德、勃艮第①,率英军携云梯上;击鼓奏送葬进行曲。)

塔尔伯特　摄政王,可敬的勃艮第,有您二位亲临,阿图瓦、瓦隆、皮卡第②这几个地区,转眼变成我

---

① 原文为 Burgundy,勃艮第,代指勃艮第公爵。1419 年,因父亲"无畏的约翰"遭暗杀,与查理王太子结仇。

② 阿图瓦(Artois)、瓦隆(Wallon)、皮卡第(Picardy),均为英法百年战争时法国北部省份。瓦隆,位于今比利时南部。

勃艮第公爵

		们的朋友。在这吉祥之夜,法国人心无挂碍,他们痛饮狂欢了一整天。我们要抓住这一时机,正好把他们用魔法和可怕巫术骗我们的招数,一笔清偿。
贝德福德	法兰西懦夫①!——他多么自毁名声,对自己的武力深感绝望,竟与女巫联手,求助地狱!
勃艮第	叛徒永与叛徒为伍。——可他们说的那位如此清纯的少女,到底什么人?
塔尔伯特	一个姑娘,他们说。
贝德福德	一个姑娘?如此骁勇善战!
勃艮第	假如她像开仗时一样,身负铠甲②,继续在法兰西军旗③下作战,我祈祷上帝,别没过多久证明她是个男的④。
塔尔伯特	那好,让他们去跟魔鬼狗打连环⑤。上帝是我们的堡垒⑥,此刻,让我们下决心,以他⑦征服

----

① 即查理王太子。

② 原文为 carry armour,身负铠甲,具双关意:1. 身穿盔甲;2. 含性意味,指承受身穿盔甲的男人的重量。

③ 原文为 standard, i.e. Military banner,军旗,另具两层意涵:1. 掌旗的士兵;2. 含性意味,指"勃起的阴茎"。

④ 此句的另一层意涵是:我祈祷上帝,得证明她是个能怀孕生孩子的女人。

⑤ 原文为 practise and converse with spirits,跟魔鬼狗打连环,直译为"与魔鬼密谋、交往",(scheme and talk with the devils.)此处含性意味,指与魔鬼勾搭成奸。

⑥ 此处是对《圣经》的化用,参见《旧约·撒母耳记下》22:2:"上帝是我的岩石,我的堡垒,我的避难所。"

⑦ "他":即上帝。

	一切的名义，攀上他们坚硬的堡垒。
贝德福德	攀登，勇敢的塔尔伯特，我们跟随你。
塔尔伯特	别都挤在一起。我想，咱们最好分开，齐头并进，谁若不幸失利，其他人还能奋勇抗敌。
贝德福德	同意，我去那边城角。
勃艮第	我去这边城角。
塔尔伯特	塔尔伯特从这儿攀爬，失败了，就葬在这儿。——现在，索尔斯伯里，为了你，为了英王亨利的权利，今夜将证实，我对二位多么效忠。

（英军士兵爬上城墙，高喊："圣乔治！""塔尔伯特！"）

哨兵甲	迎敌！迎敌！英军攻城了！

（法军士兵身穿衬衫跳下城墙，奥尔良的私生子、阿朗松与雷尼耶，衣衫不整，分头上。）

阿朗松	诸位大人，怎么回事？怎么！一个个如此衣衫不整①？
私生子	衣衫不整！唉！真高兴全身逃了出来。
雷尼耶	听卧室门口响起战斗警号，我还确信，这个时间，该叫醒起床了。
阿朗松	从我第一次追随武器②，身经百战，没听说过哪一仗打得比这次更冒险，或者说，更不要命。

---

① 原文为 unready，衣衫不整，有的译为"毫无防备"。似可意译为："一个个如此狼狈？"

② 原文为 follow arms，追随武器，从军的诗意表达。

私生子	我觉得这塔尔伯特是地狱里的一个魔鬼。
雷尼耶	他若不来自地狱,必有上天相助。
阿朗松	查理来了。也不知他情况怎样。
私生子	啧,他有神圣的①琼安当护卫。

(查理与圣少女琼安上。)

查理	诡诈的女人②,这是你的巫术吗?你是不是先行引诱,让我们分享小便宜,好叫我们眼下遭受十倍的大损失?
圣少女琼安	查理为何生朋友的气?你要我的威力始终不变?睡着,醒着,我必须老打胜仗,否则,你就要怪我,归咎于我?疏忽大意的士兵们!你们若警戒得好,决不会遭此突降的灾祸。
查理	阿朗松公爵,这是你的过失,身为昨夜值勤队长,这么重要的职责,丝毫不尽心。
阿朗松	若你们的防区都像我管的防区一样戒备森严,我们便不会遭此令人丢脸的突袭。
私生子	我的防区戒备很严。
雷尼耶	我那儿也很严,殿下。
查理	轮到我了,这一夜大部分时间,我在她的

---

① 原文为 holy,神圣的,或含性意味,与"有洞的"(holey, i.e. with a vagina)双关。暗指私生子在想象圣少女的私处。

② 原文为 dame,女人,此词是对女人的蔑称。

防区①和自己的地盘,来来回回忙着巡营,惦记哨兵换岗②。那他们是怎么,又是从哪儿,最先攻入的呢?

圣少女琼安　诸位大人,不必再究问此事,怎么攻入的,从哪儿攻入的,不用说,他们发现哪儿防守薄弱,便从哪儿打开缺口。召集四散的士兵,制定新计划杀伤敌人,眼下除了这一战术,别无办法。

(战斗警号。一英军士兵上,高呼:"塔尔伯特!塔尔伯特!"法军丢下衣服,溃逃。)

士兵　他们丢下的,我斗胆全收。喊一声"塔尔伯特",比拿把剑还管用,瞧,我手无寸铁,只凭他名字,身上就压了好多战利品。(下。)

---

① 原文为 her quarter,她的防区,琼安的防区。或含性意味,指"两腿根部和臀部区域"(hindquarters)。

② 原文为 relieving of sentinel,哨兵换岗,或含性意味,暗指"释放我的勃起"(sexually relieving my erection),即王太子借巡夜查岗释放性欲。

第二场

奥尔良,城内

(塔尔伯特、贝德福德、勃艮第公爵、一队长及其他上。)

贝德福德　天光破晓,拿漆黑斗篷遮掩大地的黑夜逃了。在这儿,吹退兵号,停止急火火的追击。

(吹退兵号。)

塔尔伯特　把老索尔斯伯里的遗体抬来,陈列在市场上,这儿是这座被诅咒的城市的中心。现在,我已履行对他灵魂立下的誓言①:他身上流的每一滴血,昨夜至少有五个法国人为此偿命。为使后世目睹给他复仇酿成怎样的毁灭,我要在他们最大的神殿建一座墓,安葬他的遗体;立块墓碑,刻上奥尔良怎么遭洗劫,他如何中计痛心而死,他生前多么令法

---

① 塔尔伯特之前曾立下替索尔斯伯里复仇的誓言。

兰西胆寒,每个人一读就懂。可是,诸位大人,我很纳闷儿,在这一整场血腥屠戮中,王太子,还有他那位新来的卫士、贞洁的圣女贞德①不知所踪,他奸诈的同党一个也没遇见。

贝德福德　依我看,塔尔伯特大人,战斗一开始,他们便从昏睡的床上猛然惊醒,随着一群带兵器的士兵,跳过城墙,逃到野外去了。

勃艮第　照我说,——昨夜雾气迷蒙,以我目力所及,——肯定是我把王太子和他的娼妇吓着了,当时,他俩臂挽臂跑得飞快,活像一对儿相爱的斑鸠②,日夜不分离。打理完这里的一切,我们率全军追击他们。

(一信差上。)

信差　诸位大人,在下一并请安! 在这列显贵之中,哪位是神勇的塔尔伯特? 他因战功卓著,在整个法兰西王国饱受赞誉。

塔尔伯特　我是塔尔伯特,谁想同他一叙?

信差　贤德的女士,奥弗涅伯爵夫人,敬慕您的威

---

①　原文为 virtuous,贞洁的,塔尔伯特在此带反讽口吻。因而,这里"圣女贞德"的称谓,与1920年罗马教皇封圣之意味截然不同。
②　原文为 turtle-doves,斑鸠,忠贞爱情的象征,相传雌雄斑鸠一旦结为连理,便永不分离。

	名，嘱我恳请您，尊贵的大人，屈尊前往她居住的简陋城堡做客，好叫她得以夸口，曾亲眼见过这位以其荣耀赢得满世界喝彩的人物①。
勃艮第	有这样的事？不，那我看，什么时候一有女人求见②，我们的战争势必变成和平好玩儿的消遣。——大人，她好意恳请，你不可轻蔑。
塔尔伯特	相信我绝不那么做。当满世界男人凭其口才都不能取胜时，一个女人却能以温情得手。因此，转告她，我多谢美意，一定遵嘱前去拜访。——诸位不赏光一同前往？
贝德福德	不，说真的，这不合礼数。何况我听说，不速之客辞行时最受欢迎。
塔尔伯特	那好，单独去。既然不可选择，我倒想试一下③这位夫人的待客之道。——过来，队长，（耳语。）懂我意思吧？
队长	明白，大人，遵命执行。（同下。）

---

① 原文为 loud report，喝彩，与"枪炮的剧烈爆炸声"（explosion of a gun or cannon）双关，意涵是"曾亲眼见过这位以其荣耀弄得满世界枪炮声的人物"。

② 原文为 crave to be encountered with，求见，或另有"交手"（fight with）、"性交"（had sex with）之意涵。

③ 原文为 try，试一下，含性意味，暗指"性测试"（test sexually）。

第三场

奥弗涅,伯爵夫人的城堡

(奥弗涅伯爵夫人及城堡守门人上。)

伯爵夫人　看门的,记住我命你做的事儿。做完就把钥匙还我。

守门人　　遵命,夫人。(下。)

伯爵夫人　布好局了:若一切无误,我将像塞西亚的托米丽司杀死居鲁士一样[①],一战成名。这位可怕的骑士被传成了军神,战功不计其数,我真想亲眼看、亲耳听,见识一下那些非凡的传闻是否属实[②]。

---

① 公元前530年,波斯帝国缔造者居鲁士大帝(Cyrus the Great)入侵塞西亚(Scythian)的马格萨泰(Massagetai)部落,杀死托米丽司女王(Queen Tomyris)之子,随后,女王继续抗击波斯大军。公元前529年,在一场惨烈的肉搏战中,托米丽司击败波斯军队,杀死居鲁士,割下他的首级泡在盛满鲜血的皮酒囊中,以此兑现居鲁士"饱啜鲜血"的誓言。

② 参见《旧约·历代志下》9:6:"但等我来这儿亲眼看见这一切才真正相信;关于你的智慧,我听见的还不到一半,你比别人传说的更有智慧。"

(信差与塔尔伯特上。)

信差　　　　夫人,按夫人所愿,因您捎话恳请,塔尔伯特大人到了。

伯爵夫人　　欢迎他来。怎么!就是这个人?

信差　　　　是的,夫人。

伯爵夫人　　这就是法兰西的祸根?这是那个没人不怕、当妈的老拿他名字吓唬孩子的塔尔伯特?我看传闻太离谱,瞎编的。本以为能见到一个赫拉克勒斯①,或又一个赫克托尔②,神色冷峻,身形魁梧,四肢强壮。呜呼,分明是一个孩子,一个虚弱的侏儒!这么一个皱巴巴疲软的小虾米,怎么可能打得敌人吓破胆!

塔尔伯特　　夫人,前来叨扰,多有冒昧。既然夫人不得闲暇,择时再来拜访。

伯爵夫人　　(向信差。)他什么意思?——去问他要去哪儿。

信差　　　　留步,塔尔伯特大人,我家夫人想知道您为何突然告辞。

塔尔伯特　　以圣母马利亚起誓,因她对我心存误解,我要以告辞向她证明,我真是塔尔伯特。

---

① 原文为 Hercules,赫拉克勒斯,希腊神话中的大力神英雄,主神宙斯(Zeus)之子,有十二神迹。

② 原文为 Hector,赫克托尔,特洛伊战争中的特洛伊第一勇士,最后被希腊联军第一勇士阿喀琉斯(Achilles)所杀。

（守门人手持钥匙上。）

伯爵夫人　如果你真是他,那你就是俘虏了。

塔尔伯特　俘虏!谁的?

伯爵夫人　我的,嗜杀的大人:就为这个,我才诱你来我家。因我画廊里挂着你的图像,你的肖像早已成为我的奴隶①;但眼下,你的真身也要遭此待遇,我要给你的胳膊腿儿戴上镣铐,多年来,你凭那一双残暴的手脚,毁我国家,杀我百姓,掳走我们的儿子、丈夫。

塔尔伯特　哈,哈,哈!

伯爵夫人　可怜虫,居然还笑?叫你的欢笑马上变成呻吟。

塔尔伯特　我笑夫人愚蠢之极,居然以为除了塔尔伯特的影子,还能抓点儿什么任您严惩。

伯爵夫人　怎么,你不是他本人?

塔尔伯特　如假包换。

伯爵夫人　那我也抓住他的真身。

塔尔伯特　不,不,我不过是自己的影子,您弄错了,我的真身没在这儿;您看到的只是他本人最小的那部分②。听我说,夫人,若他整个人来这儿,那可大了去了!把您屋顶撑破也装不下。

---

① 此处把画廊比为监禁塔尔伯特肖像的牢狱。
② 塔尔伯特在此玩文字游戏,把自己说成他所指挥的军队的"最小的那部分",言外之意是,自己的大队人马不在此地。下句中,他以"整个人"代指自己的全部军队。

伯爵夫人　这是个随机应变的字谜贩子,他要来这儿,眼下却不在这儿,前言后语自相矛盾,怎么才能一致?

塔尔伯特　我马上演给您看。

(塔尔伯特吹响号角。击鼓,一阵炮声。众士兵上。)

怎么样,夫人?现在您相信塔尔伯特只是他自己的影子了吧?这才是他的真身、肌肉、双臂和武力,他凭这些制服你们反叛的脖子,摧毁你们的都市,倾覆你们的城镇,顷刻间把它们夷为不毛之地。

伯爵夫人　胜利的塔尔伯特!原谅我的无礼[①]。我发现您的名声丝毫没虚传,果然不可貌相。未能以礼相待,诚惶诚恐,深感抱歉,别让我的放肆激怒您。

塔尔伯特　不必纠结,美丽的夫人,莫要像误会塔尔伯特的身体外形一样,误会他的内心。您所作所为并没冒犯我;我不奢望其他满足,只求一样儿,承蒙惠准,尝一口您的美酒,看一眼您都有什么美食,因为珍馐美酒最对军人胃口。

伯爵夫人　能在家里款待一位这么伟大的战士,我满心欢喜,备感荣耀。(同下。)

[①] 原文为 abuse,无礼,此处含"侮辱"(insulting)、"冒犯"(aggressive behaviour)、"妄想"(delusion)多重意涵。

中殿花园

第四场

伦敦,中殿①一花园

(理查·普朗塔热内、沃里克、萨默赛特、萨福克、弗农及一律师上。)

普朗塔热内　诸位大人,各位绅士,为何都沉默不语?一件事实清楚的案子,没谁敢吭一声?

---

① 原文为Temple,中殿,位于伦敦城西,中殿律师学院(Inns of Court)所在地。

萨福克	在中殿大厅,说话太吵,还是花园这儿更方便。
普朗塔热内	那马上说,我的话是否符合事实?换言之,跟我争辩的萨默赛特是不是错了?
萨福克	以信仰起誓,我学法律是混出来的,从不能叫自己的意志顺应法律,便只好反过来,叫法律顺着意志。
萨默赛特	那谁对谁错,沃里克大人,你给个评判。
沃里克	两只鹰,哪只飞得高;两条狗,哪条吼得凶;两把剑,哪把更锋利;两匹马,哪匹脚力好;两位姑娘,哪位的眼睛最迷人,——评判这些,或许我还有个一知半解。可一说到法律上这些精妙细微的差别,说句掏心话,我不比一只寒鸦①更聪明。
普朗塔热内	啧啧!虚礼客套,不愿表态。真理赤条条站在我这边,随便哪只半瞎眼都看得清。
萨默赛特	真理在我这边,衣着如此光鲜,如此清晰,如此闪耀,如此明显,它能把一个盲人的瞎眼照亮。
普朗塔热内	既然你们舌头被捆难开口,那用哑剧手势表态。凡真正门第显赫的贵族,且愿保持出

---

① 原文为 daw, i.e. jackdaw,寒鸦,此鸟之笨,人尽皆知。

	身之荣耀,若认可我所陈述之事实,便随我来,从这野玫瑰丛摘下一朵白玫瑰①。(摘下一朵白玫瑰。)
萨默赛特	谁若不是懦夫或谄媚之人,其敢于维护真理一方,就同我一起从这野玫瑰丛摘下一朵红玫瑰。(摘下一朵红玫瑰。)
沃里克	我不喜欢色调②,因此我随普朗塔热内摘下这朵白玫瑰,不带丝毫曲意逢迎、巴结讨好的卑劣色彩。
萨福克	我同年轻的萨默赛特摘下这朵红玫瑰,表明我认为他言之有理。
弗农	停,诸位大人,各位绅士,别再摘了,从这荆丛树剪下玫瑰之前,得先达成共识,哪方摘的玫瑰少,必须认输,承认对方占理。
萨默赛特	高贵的弗农先生,这个提议好,若我摘得少,我一声不吭,认输。
普朗塔热内	我也一样。
弗农	那好,因本案事实明白,我摘下这朵淡白

---

① 原文为 white rose,白玫瑰,莫蒂默家族(House of Mortimers)的徽章,后改为约克家族(House of York)的徽章。理查乃莫蒂默家族后裔。萨默赛特下句中所说"红玫瑰"(red rose),是兰开斯特家族(House of Lancaster)的徽章。

② 原文为 colours, i.e. hues,色调,另有两层意涵:1.佐证(corroborative evidence),具法律意味;2.军旗(military banners)。

|||清纯的花,表明我的裁定在白玫瑰一方。
萨默赛特|摘的时候别刺破手指头,以免流血染红白玫瑰,只好违背初衷落在我这边。
弗农|大人,若为民意①流血,民意会给我疗伤,仍使我站在原来一方。
萨默赛特|好,好,来吧,还有谁?
律师|(向萨默赛特。)若非我的研究和写的书错了,就是你的法理依据有错,因此,我也摘一朵白玫瑰。
普朗塔热内|喂,萨默赛特,你的依据呢?
萨默赛特|这儿,在我剑鞘里,正想怎么用血把你的白玫瑰染红。
普朗塔热内|可此时,你的面颊却在模仿白玫瑰,它吓得苍白,证明真理在我们这边。
萨默赛特|不,普朗塔热内,不是吓的,是气的,分明是你羞红的脸颊在模仿我们的玫瑰,你的舌头却死活不认账。
普朗塔热内|萨默赛特,你玫瑰里不是有条虫子吗?
萨默赛特|普朗塔热内,你玫瑰里不是有根刺儿吗?
普朗塔热内|有,锐利的尖刺儿,用来保护真理;你那条贪嘴的毛毛虫,却专吃谎言。

---

① 原文为 opinion, i.e. Public opinion, 民意, 亦可作"名誉"(reputation)解。

萨默赛特	哼,我总能找些朋友佩戴我滴血的玫瑰,他们将在虚伪的普朗塔热内不敢露面之地,坚称我说的句句属实。
普朗塔热内	瞧,蠢①孩子,凭我手里这朵清纯之花,我蔑视你和你的同类。
萨福克	普朗塔热内,轻蔑也别冲这边儿。
普朗塔热内	偏冲,高傲的波尔②,你和他,我都蔑视。
萨福克	我要把这诽谤顺你嗓子眼儿塞回去。
萨默赛特	走吧,走吧!高贵的威廉·德·拉·波尔,跟这个自耕农饶舌③,太给他长脸。
沃里克	嗬,以上帝的旨意起誓,萨默赛特,你冤枉他了,他外祖父是克拉伦斯的莱昂内尔公爵④,英格兰国王爱德华三世之第三子。家族根基如此深厚,能生出一个没有家徽顶饰⑤的自耕农吗?

---

① 原文为 peevish,愚蠢,另有"顽固""固执"(stubborn)之意涵。
② 原文为 Pole,波尔,萨福克的家族姓氏。
③ 原文为 yeoman,自耕农,指拥有财产却无绅士头衔的农民。在《亨利五世》第二幕第二场,理查·普朗塔热内之父剑桥伯爵,即剑桥的理查伯爵(Richard Earl of Cambridge),因叛国罪被亨利五世剥夺土地及尊号,故在此,萨默赛特贬损其为连绅士头衔都没有的"自耕农",自然"太给他长脸"。
④ 原文为 Lionel Duke of Clarence,克拉伦斯的莱昂内尔公爵,实为理查·普朗塔热内的外高祖父(great-great-grandfather)。
⑤ 沃里克以此反讽理查为懦夫,讥讽其家族盾徽没有顶饰,意味着缺乏可炫耀的显赫先祖。

普朗塔热内　　他仗着这地方特别①,大放厥词,不然,以他那颗懦夫之心,怎敢说这种话。

萨默赛特　　以造我的上帝起誓,在任何一块基督教王国的土地上,我都会捍卫自己说的话。你父亲,剑桥的理查伯爵,不是因叛国罪在先王活着时被处决的吗?你不是也受他叛国罪损毁,财产、尊号被剥夺,连世袭的高贵身份都免除了吗?他的罪过在你血液里还残留余孽,财产、尊号恢复之前,你顶多算个自耕农。

普朗塔热内　　先父被捕,财产、权利并未剥夺;虽因叛国罪被判死刑,却不是叛徒。一旦有机会,我将向比萨默赛特身份更高的人证明一切。至于你的支持者波尔,还有你自己,我会在备忘录里记下来,到时叫你俩因这一主张遭受鞭打。当心点儿好,别说我没警告过你们。

萨默赛特　　啊,你会发现我们随时恭候,我的朋友都将戴上这花以示对你轻蔑,因此,单凭这颜色你就知道谁是仇敌。

---

① 即享有特权之地,法律严令禁止在王宫、大学、法学院及宗教建筑物内拔剑斗殴。本场戏所在位置是中殿律师学院。

普朗塔热内	以我的灵魂起誓,这朵淡白、愤怒的玫瑰,作为我非饮血不解恨的徽章①,我和我这派将永远佩戴,直到它枯萎随我葬入墓穴,或陪我一起荣升权力之巅。
萨福克	前进吧,让野心噎死你!再见,后会有期。(下。)
萨默赛特	波尔,我和你一起走。——野心十足的理查。(下。)
普朗塔热内	受如此之蔑视,却非容忍不可!
沃里克	他们指控您家族的这个污点,一定要在下次为调解温切斯特和格罗斯特之争召开的议会上清除。那时您若还不能受封约克公爵,打死我也不愿被人称作沃里克伯爵。同时,为表示对您的友爱,反对傲慢的萨默赛特和威廉·波尔,我要戴上这朵玫瑰站在您这边。我在这儿预言:今天这场争吵,在中殿花园生成这一对峙,将把红玫瑰和白玫瑰两派共一千颗灵魂②,送入死亡和死寂的黑暗③。

---

① 原文为 cognizance, i.e. badge,徽章,亦作"识别的标记"。
② 原文为 a thousand souls,一千颗灵魂,虚指不计其数的灵魂。
③ 原文为 deadly night,死寂的黑暗,指地狱的黑暗。

普朗塔热内	高贵的弗农大人,你为我摘下一朵玫瑰花,我心存感激。
弗农	为您,我会一直戴着它。
律师	我也是。
普朗塔热内	多谢各位。
	来,咱们四个共进晚餐,我敢说,这场争吵非闹到饮血的那天不可。
	(同下。)

第五场

伦敦，伦敦塔

(狱卒用轿子抬莫蒂默上。)

莫蒂默　照料我风烛残年的好心人，让垂死的莫蒂默在这儿歇口气。——长期监禁，把我四肢弄得活像刚把人从拷问架①上松绑。这满头灰发，死神的信使，以内斯特②的岁数活在一个悲伤的年代，表明埃德蒙·莫蒂默的死期到了。这双眼，——像油已耗干的灯盏，——越发暗淡，行将熄灭③。双肩虚弱，不堪悲苦之重负；两臂无力，像一枝干瘪的藤蔓，枯萎了，耷拉

---

① 原文为 rack，拷问架，一种拷问犯人的刑具，分绑四肢进行折磨。
② 原文为 Nestor，内斯特，古希腊神话中伯罗奔尼撒半岛皮洛斯（Pylos）国王，垂暮之年率臣民参见希腊联军，进行特洛伊战争，是年龄最大的希腊将领。
③ 参见《新约·马太福音》25:8："愚笨的对聪明的说：'请分点油给我们，因为我们的灯要灭了。'"

在地上。可这双脚,——麻木瘫软,撑不起我这块泥土①,——却巴不得长出翅膀赶紧找一处坟墓,仿佛知道我再没别的安慰。——但请告诉我,看守,我外甥会来吗?

狱卒甲　　大人,理查·普朗塔热内会来。我们派人去了中殿,到他住处,得到回话,说会来。

莫蒂默　　够了,我的灵魂将为之欣慰。——可怜的正人君子!他受的冤屈与我难分高下。亨利·蒙茅斯②刚一当政,我便被监禁在这令人憎恶之地。在他荣耀之前,我军功显赫。也正是那时候,理查遭贬黜,荣誉和世袭权利被剥夺。可眼下,尘世绝望的仲裁者,公正的死神,人间悲苦的仁慈的公断人,要拿甜美的自由把我从这儿打发走。我愿他的悲苦③也同样期满,这样,他失去的一切便能恢复如初。

(理查·普朗塔热内上。)

狱卒甲　　大人,您亲爱的外甥来了。

---

① 原文为 this lump of clay,这块泥土,以泥土代指身体。按《圣经》,上帝以泥土造人类始祖亚当,死后人土为安,故人来于尘土归于尘土。参见《旧约·约伯记》10:9:"求你记得你用泥土造我;/ 你现在要使我复归尘土吗?"33:6:"我们在上帝面前都一样,/ 你我都由尘土造成。"

② 原文为 Henry Monmouth,亨利·蒙茅斯,即亨利五世,因其生于临近英格兰边境的威尔士南部小镇蒙茅斯而得此昵称。

③ 原文为 his troubles,他的悲苦,即理查的悲苦。

莫蒂默	我的朋友,理查·普朗塔热内,来了?
普朗塔热内	唉,高贵的舅舅,竟遭如此下贱的①对待,您的外甥,近来受了轻蔑的理查,来了。
莫蒂默	扶着我的胳膊,引我搂住他脖子,让我在他怀里喘最后一口气。哦,等我嘴唇碰他面颊时,言语一声,好叫我饱含亲情给他虚弱一吻。——现在说吧,从约克这棵大树生出来的可爱枝干,为何说近来遭人轻蔑?
普朗塔热内	先把您衰老的脊背靠我胳膊上,等您舒坦了,再说我的别扭。今天,为争辩一件事,我和萨默赛特拌了几句嘴,争吵中,他竟放纵舌头,大放厥词,拿先父之死辱骂我。这个耻辱给我舌尖上了闩②,不然,我还嘴对骂。因此,尊贵的舅舅,为了先父的缘故,为了一个真正的普朗塔热内的名誉,为了亲戚情分,请您明示,我父亲,剑桥伯爵,到底为什么掉了脑袋。
莫蒂默	好外甥,那个监禁我、把我花样青春扣在

---

① 原文为 ignobly used,下贱的对待,与高贵身份不符的对待。

② 原文为 set bars before my tongue,给我舌尖上了闩,可意译为"使我无力还嘴"或"气得我咬紧牙"。

	地牢、在那儿苦熬日子的根由，也正是害死他的该受诅咒的理由。
普朗塔热内	到底怎么回事儿，您仔细说说，我一无所知，不能瞎猜。
莫蒂默	我这就说，只要残喘的呼吸默许，死神在我说完之前还没来。亨利四世，当今国王的祖父，把他堂兄理查①废了，——理查乃爱德华之子，是爱德华国王②的长子兼合法继承人，家族第三代传人。他在位期间，北方的珀西一家③，认为他篡位极为不公，要力保我登上王位。这些好战的贵族之所以起兵参战，只因为，——年轻的理查王被废黜，没留下亲生子嗣，——按出身血统，我就是第二顺位继承人；因为凭我母

---

① 原文为 nephew Richard，堂兄理查，此处 nephew 指"亲戚"，即堂兄，而非"外甥"。这个"理查"指的是理查二世（Richard Ⅱ, 1367—1400），莎剧《理查二世》（Richard Ⅱ）写的便是理查二世遭废黜之事。在该剧中，出于剧情需要，莎士比亚把真实历史弄混了，理查二世实为爱德华三世之孙。

② 原文为 Edward King，爱德华国王，即爱德华三世。事实上，历史上的理查二世并非爱德华三世之子，而是爱德华三世长子"黑太子爱德华"（Edward, the Black Prince）的次子。理查二世的父兄死于爱德华三世之前，理查因此成为爱德华三世的第一顺位继承人。

③ 原文为 Percies of the north，珀西一家，指诺森伯兰伯爵亨利·珀西（Henry Percy, Earl of Northumberland）和他儿子，人称"霍茨波"（Hotspur）。莎士比亚把珀西一家与亨利四世（Henry Ⅳ, 1367—1413）的王位之争，写在《亨利四世》（Henry Ⅳ）上下篇里。

亲①那一脉,我乃先王爱德华三世第三子、克拉伦斯公爵莱昂内尔之后;而当今国王,乃冈特的约翰②之后,不过是那英雄血脉的第四代。但听好:当他们③煞费苦心,在这一骄傲的伟大尝试中,把我栽培成合法继承人之际,我失了自由,他们丢了命。此后很久,亨利五世继承其父布林布鲁克④掌权。你父亲,那时的剑桥伯爵,乃赫赫有名的约克公爵埃德蒙·兰利⑤之后,他娶了我姐姐,你的生母。他同情我的惨痛悲苦,召集一支军队,再次起兵,意图救我出去,拥我登上王位。可这位高贵的伯爵,像其他人一样,兵败垂成,丢了脑袋。就这样,留在莫蒂默家族的王位继承权,被剥夺了⑥。

---

① 莎士比亚在此将历史张冠李戴,此处应为"祖母"。另,历史上长期遭监禁,最后于1424年被处死的是这个埃德蒙·莫蒂默(Edmund Mortimer)的堂兄约翰·莫蒂默爵士(Sir John Mortimer)。而《亨利四世》里的埃德蒙·莫蒂默勋爵(Lord Edmund Mortimer)是这个同名的莫蒂默的叔叔,死于1409年,剧中的莫蒂默死于1425年。

② 原文为John of Gaunt,冈特的约翰,爱德华三世之第四子,亨利四世之父。

③ 原文为they,他们,指莫蒂默家族和珀西家族。

④ 原文为Bullingbrook,布林布鲁克,亨利四世加冕之前的名字。在莫蒂默眼里,亨利四世乃篡位之君,故不以"亨利四世"尊称,而是直呼其成为国王之前的名字。

⑤ 原文为Edmund Langley,埃德蒙·兰利,爱德华三世之第五子。

⑥ 也可译为:"就这样,留有王位继承权的莫蒂默家族,被压制了。"

普朗塔热内	而大人您,是其中最后一位。
莫蒂默	的确。你知道我无儿无女,而且,我说话有气无力,保证活不成了,你就是我的继承人;剩下的事你自己去想,但务必谨慎,小心从事。
普朗塔热内	您的严重警告我十分受用。可依我看,先父被处死完全是血腥的暴政。
莫蒂默	管住嘴,外甥,你要谨慎。兰开斯特家族树大根深,像一座大山,无法根除[①]。现在,你舅舅要离别人世,好像贵族们久住一处宫殿,住腻了,要离开一样。
普朗塔热内	啊,舅舅!我情愿用一部分青春岁月赎回您流逝的年龄。
莫蒂默	你那是害我,——好比一个刽子手,本可一刀杀了我,却非要多戳几刀。只需为我办好葬礼,不用悲悼,除非悲悼对我有好处。永别了,愿你万事顺意,不论战争,还是和平,一生吉祥!(死。)
普朗塔热内	愿您离别的灵魂安享和平,没有战争!您在牢狱中度过人生行旅,像位隐士耗尽岁月时光。——那好,我要把他的忠告锁在

[①] 参见《旧约·诗篇》125:1:"信靠上主之人像锡安山,/永远屹立,坚定不拔。"

心底,所想之事,先搁一边。——看守,把他抬走,我要亲自为他举行葬礼,让他享有死后哀荣。

(狱卒抬莫蒂默遗体下。)

莫蒂默的昏暗火炬在这里熄灭,被那些非分之人①的野心窒息了。——至于萨默赛特加给我家的那些冤屈,那些痛苦的伤害,无疑我要凭荣誉去伸冤。因此我要赶往议会②,

要么恢复我的世袭继承权,

要么叫冤屈变得对我有利。(下。)

---

① 原文为 the meaner sort,那些非分之人,指布林布鲁克和他的支持者,理查认为这些人身份没那么高贵,觊觎王权纯属非分之想,故称其为"非分之人",即没有继承王位名分之人。

② 原文为 parliament,议会,英国早期议会只是国王的议政委员会(Council of State),成员包括贵族和主教,并无平民代表,权力也不大。

第三幕

第一场

伦敦，议会大厦

(喇叭奏花腔。国王亨利六世、埃克塞特、格罗斯特、沃里克、萨默赛特、萨福克、理查·普朗塔热内及其他上。格罗斯特欲提交一纸诉状；温切斯特抢去，撕毁。)

温切斯特　你带了用心谋划的诉状？带着精心写好的小册子[①]？格罗斯特的汉弗莱，你若能指控，或想给我安个什么罪名，张嘴便说，不必算计，我要回应你的任何指控，就不事先过脑子，冲口而出。

格罗斯特　狂妄的教士！这地方叫我不得不忍耐，否则，你会见到侮辱我的后果。别以为，我对你卑鄙粗暴的罪行有书面陈述，就是捏造，也别以为，我不能把付诸笔端的文字逐一复述。

[①] 原文为 pamphlets，小册子，温切斯特讥讽格罗斯特事先写好的诉状像一本小册子。

议会大厦

不，教士，你这类厚颜无耻的邪恶，你的卑劣、恶毒和斗狠的恶行，连婴儿都咿咿呀呀说着你的骄狂。你是那个最害人的放债者[1]，天性顽固，仇视和平，好色、淫荡，与你那份职业、地位极不相称。至于你的阴险，岂不是明摆着？——为取我性命，你在伦敦桥和伦敦塔都设下圈套[2]。此外，我担心，若仔细审查你的心思，国王，你的君主，怕也免不了遭你狂骄之心的毒害。

温切斯特　格罗斯特，我蔑视你。——诸位大人，恭请垂听我如何答辩。假如像他说的，我是个贪婪、有野心的人，或是一头犟驴，我怎会那么穷？我安于平凡职位，从不寻机升迁，这怎么解释？说我斗狠，有谁比我更爱和平？——除非受到挑衅。不，诸位高贵的大人，这并非我冒犯之处，激怒公爵的也不是这一点，而在于，除了他谁也不该有掌控权，除了他谁也不该关心[3]国王；正是这一点，孕育了他心

---

[1] 原文为 usurer，放债者，温切斯特主教除靠"教皇敕令"放债敛财，还在妓院聚集的南华克区 (Southwark) 收取税款。

[2] 格罗斯特指控温切斯特曾在伦敦桥头设下伏兵，试图在其前往埃尔特姆 (Eltham) 觐见幼主亨利六世时，将其射杀。

[3] 原文为 about, i.e. concerned with，关心，也可译为"接近国王"(near to) 或"陪侍国王左右"(around)。

	底的雷霆,叫他咆哮出这些指控。不过,他理应知道我像他一样高贵——
格罗斯特	一样?——你是我祖父的私生子[①]!
温切斯特	哎呀,高贵的大人;我请问,你算哪块料,顶多借别人的王座摆出国王的样子。
格罗斯特	傲慢的教士,我不是护国公吗?
温切斯特	我不是教会的一个主教吗?
格罗斯特	是,好比一个亡命徒驻防一座城堡,用它保护自己的赃物。
温切斯特	不敬神的格罗斯特!
格罗斯特	你也只在宗教行为中敬神,你的生活里没有神。
温切斯特	罗马[②]会解决此事。
沃里克	那去罗马好了。——(向格罗斯特。)大人,你理应宽容[③]一些。
萨默赛特	嗯,不能眼见主教被压倒。——(向温切斯特。)我觉得大人应当虔敬,懂得宗教信仰者行为所在。
沃里克	我觉得主教大人本该谦逊一些,如此争辩与

---

① 温切斯特是冈特的约翰(John of Gaunt)与后来娶为妻子的凯瑟琳·斯温福德(Catherine Swynford)的私生子。

② 原文为 Rome,罗马,代指罗马教皇(the Pope)。

③ 原文为 forbear,宽容,也有解作"停止"(desist),译为:"你理应停止这种谈话。"

　　　　　　　一个教士身份不符。
萨默赛特　　对,当如此紧密地涉及他的神圣地位时,更不该争辩。
沃里克　　　地位神圣、不神圣的,有什么用? 公爵大人① 不是国王的护国公吗?
普朗塔热内　(旁白。)我看,普朗塔热内,务必管住舌头,免得遭人说:"小子,轮到你说话时再开口。大人们说着话,你非要大胆插一嘴?"否则,我就和温切斯特斗一嘴。
亨利六世　　格罗斯特叔叔,温切斯特叔祖,你们都是我英王国的特殊护卫;假如我的恳求管用,我愿恳求你们二人同心,和睦、友爱。啊! 如此尊崇的两位贵族相互冲突,对我的王冠是何等羞辱! 相信我,两位大人,我年纪尚轻②,却深知内部纷争是一条啮食联邦脏腑的毒蛇。(幕内一阵喧哗:"打倒褐衣帮③!")这闹哄哄的怎么回事儿?
沃里克　　　骚乱,我敢说,一定是主教的人心怀恶意

---

① 即格罗斯特公爵。
② 历史上,亨利六世在其父亨利五世去世时还是个襁褓中的婴儿,发生这场纷争时只有5岁。
③ 原文为 tawny-coats,褐衣帮,温切斯特主教的支持者,都是教会的神职人员,身穿褐色衣服。

议会中的亨利六世

挑起来的。

(幕内喧哗再起:"扔石子儿!扔石子儿!"伦敦市长率侍从上。)

伦敦市长　啊,高贵的诸位大人,——贤德的亨利陛下,——怜悯这座伦敦城,怜悯我们吧!近来严禁携带任何武器,主教和格罗斯特公爵的仆人们,却把鹅卵石装满衣兜,而且,分成两拨,互相对阵,用力朝对方脑袋扔石子儿,好多人连暴怒的脑浆子都砸了出来,每条街的窗户全被打烂,吓得我们强令所有店铺关门。

(格罗斯特与温切斯特双方仆人,冲突着,头破血流上。)

亨利六世　既然你们对我效忠,我命令你们,控制杀戮之手,保持和平。——格罗斯特叔叔,请你平息这场骚乱。

仆人甲　没门儿,禁用石子儿,我们就拿牙咬。

仆人乙　若你们敢用牙,我们坚决反击。

(冲突再起。)

格罗斯特　我家的仆人,停止这愚蠢的混战,把这奇怪的打斗放一边。

仆人丙　大人,我们都知道大人您为人诚实、正直,而且,您出身王室,除了国王陛下,不比谁差;我们决不许这样一位贵人,国家的这等慈

	父，遭一个卖弄学问的家伙①侮辱；我们愿老婆孩子齐上阵，哪怕被您的仇敌分尸也认了。
仆人甲	对，等我们死了，连我们剪剩的指甲都要设防备战。

（冲突又起。）

格罗斯特	住手，住手，我发话了！如果你们爱我，你们口口声声这么说，就听我劝，暂忍一时。
亨利六世	啊！这场争斗多么折磨我的灵魂！——温切斯特大人，见我叹息流泪，你就不能有点儿怜悯之心？你若无动于衷，还有谁会同情我？若连神圣的教士都乐于争斗，还有谁会尽力提议和平？
沃里克	退一步，护国公大人；让一步，温切斯特，除非你们想执意抗命，杀死君主，毁灭王国。看看吧，你们的敌对造成多大祸害，又弄死多少人；只要不巴望流血，那就讲和吧。
温切斯特	他先顺从，否则我寸步不让。
格罗斯特	对国王的同情命我屈从，否则，不等那教士占这便宜，我早见到他那颗剜出来的心了。

---

① 原文为 an inkhorn mate，一个卖弄学问的家伙，也有解作"一个低级的书呆子"或"一个小小抄写员"。

沃里克	瞧,温切斯特大人,凭公爵舒展的眉头可知,他已把忿忿不平的狂怒赶走。您为何面容还那么严厉、悲愁?
格罗斯特	来,温切斯特,我与你握手言和。(温切斯特扭脸拒绝。)
亨利六世	(向温切斯特。)呸,波弗特叔祖!听你布道时说过,怨恨是又大又重的罪过;难道你不维护你所训教之事,却非要证明自己是这怨恨之罪的首犯①?
沃里克	亲爱的国王,——主教挨了一次适度的指责。——多丢脸,温切斯特大人,退一步吧。怎么,还要叫一个孩子教你怎么做?
温切斯特	那好,格罗斯特公爵,我向你让步,对你以爱还爱,以手还手。
格罗斯特	(旁白。)啊,只怕给我一颗空心。——(向众人。)看这儿,各位朋友和亲爱的同胞,这握手就是一面休战的白旗,我们两人及随从们都讲和了。愿上帝助我,我没骗人!
温切斯特	愿上帝助我,——(旁白。)我本意并非如此。
亨利六世	啊,亲爱的叔祖,仁慈的格罗斯特公爵,你们

---

① 参见《新约·罗马书》2:21—23:"你教导别人,为什么不教导自己呢?……你夸口你有上帝的法律,你有没有破坏上帝法律羞辱了他?"

	达成一致,叫我多么欢喜!——(向仆人们。)都散了,各位①,别再烦我,像你们的主人一样,握手和好。
仆人甲	知足了②,我要去看外科医生。
仆人乙	我也去。
仆人丙	我上客栈看看有什么药。(伦敦市长,仆人等,及其他下。)
沃里克	收下这卷儿文书③,最仁慈的君王,事关理查·普朗塔热内的权利,请陛下一览。
格罗斯特	呈送及时,沃里克大人。——因为,亲爱的国王,陛下若留意每一个细节,尤其我在埃尔萨姆④宫向陛下讲过的那些理由,便觉得给理查权利有很好的理由。
亨利六世	那些理由,叔叔,的确有力。因此,亲爱的诸位大人,我很乐意恢复理查的世袭权利。
沃里克	让理查恢复世袭权利,并对他父亲所受的冤屈做出补偿。
温切斯特	既然都赞同,温切斯特也没意见。
亨利六世	只要理查忠心,还不止于此,你属于约克家族,

---

① 原文为 masters,各位,指仆人们。
② 原文为 content,知足了,也可解作"同意"。
③ 原文为 this scroll,这卷儿文书,指卷成一个卷儿的文件。
④ 原文为 Eltham,埃尔萨姆,伦敦东南一镇名,旧时有王宫,为英国国王住地。

	我会把出自约克家族嫡亲血统的所有世袭权利全给你。
普朗塔热内	您恭顺的仆人立誓效忠,尽心侍奉,至死方休。
亨利六世	那跪下吧,跪在我脚下,(普朗塔热内双膝下跪。)为奖赏你效忠,我将约克英勇的宝剑授予你:起来,理查,像一个真正的普朗塔热内,你已被我受封为有王室血统的约克公爵。
约克公爵①	理查一兴旺,您的仇敌要倒下!我尽心效忠,管叫对陛下心存怨恨之人灭亡!
众人	欢迎啊,高贵的王亲,伟大的约克公爵!
萨默赛特	(旁白。)毁灭吧,下贱的王亲,卑鄙的约克公爵!
格罗斯特	眼下,陛下正好渡海,在法兰西加冕。国王亲临,可使他的臣民,及其忠实的朋友生出爱心,同时叫他的敌人灰心丧气。
亨利六世	格罗斯特发话,亨利国王准去; 因为善言忠告可除掉许多敌人。
格罗斯特	您的舰队已准备就绪。

(仪仗号。喇叭奏花腔。除埃克塞特,均下。)

---

① 理查·普朗塔热内的身份由此变成约克公爵。

亨利六世将约克英勇的宝剑授予普朗塔热内，封其为约克公爵

埃克塞特　　咳,我们可以在英格兰或法兰西行进,却看不清随后可能发生什么。最近贵族间生出的这场纷争,在虚伪的爱的灰烬遮掩下燃烧,终有一天会烧成一股烈焰;犹如化脓的四肢逐步溃烂,直到骨头筋肉全部脱落,这场卑贱、恶毒的争斗必将滋生同样结果。此刻,我担心亨利五世在位之时,连每一个吃奶婴儿都会念叨的[1]那可怕预言就要应验:生在蒙茅斯的亨利[2]赢得所有,生在温莎的亨利[3]输掉一切。[4]这预言显而易见,埃克塞特唯愿在那不幸时光降临之前,一命呜呼。(下。)

---

[1] 参见《新约·马太福音》21:16:(耶稣回答)"……圣经上所说'你使婴儿和儿童发出完美的颂赞'这句话,你们没见过吗?"
[2] 即亨利五世,因生在蒙茅斯(原文为 Monmouth),故被称为"蒙茅斯的亨利"。
[3] 即亨利六世,因生在温莎(原文为 Windsor),故被称为"温莎的亨利"。
[4] 据霍林斯赫德《编年史》载,亨利五世听说儿子在温莎城堡出生,感谢上帝眷顾之后,对大臣菲茨·休(Fitz Hugh)说:"大人,我亨利生在蒙茅斯,治国恐不能太久,但所得甚多;而生在温莎的这个亨利,将在位很长,却要丧失一切。但上帝的意志,如之奈何。"

鲁昂

第二场

法兰西,鲁昂城前

(少女琼安乔装上,四名法军士兵背麻布袋随上。)

少女琼安　　这是城门,鲁昂城门,我们的计策是,必须从城门处打开一个缺口。注意,用词千万当心,说起话来,让人听着像赶集的普通人来

	卖粮赚钱。如果我们进了城，——我希望能进去，——发现守备松懈，我就发信号通知我们的朋友，以便查理王太子前来进攻。
士兵甲	我们正好把麻袋用作洗劫城市的工具，主宰鲁昂，作威作福。因此，我们这就敲门。(敲门。)
城门守卫	(幕内。)谁在那儿①?
少女琼安	种地的，法兰西的穷乡下人②，——来赶集卖粮的可怜乡农。
城门守卫	(开门。)进来，进来吧，集市的钟敲过了。
少女琼安	现在，鲁昂，我要把你的堡垒震塌。(圣少女琼安及其他人等入城。)

(查理王太子、奥尔良的私生子、阿朗松、雷尼耶率法军上。)

查理	圣丹尼斯祝福这一幸运的战略！我们又将在鲁昂安然入睡。
私生子	圣少女和她那伙儿人由这儿进城；眼下，她在城里，怎么给我们指定哪条路最好、又最安全?
雷尼耶	那边塔楼会伸出一支火把，一见火把，便明白她的用意，没有哪儿比她进城的路线防守更薄弱。

---

① 原为法文 Qui là? (who goes there?)，意为"谁在那里？"
② 原为法文 Paysans, la pauvre gens de France. i.e."Peasants, the poor folk of France."意为"农民，法兰西的穷乡下人"。

（少女琼安在高处出现，伸出一支点燃的火把。）

少女琼安　　看！这一支幸运的婚礼火炬①，把鲁昂和她的同胞连在一起，却是塔尔伯特那帮家伙致命的火焰！

私生子　　　看，高贵的查理，那边塔楼上燃烧的火炬，那是朋友发出的信号。

查理　　　　此刻，愿它像一颗复仇的彗星闪耀，是我们仇敌覆灭的先兆！

雷尼耶　　　别耽误时间，拖延起祸端；立即进城，高喊"王太子！"然后杀掉守卫。（战斗警号。众下。）

（一阵警号。混战中，塔尔伯特上。）

塔尔伯特　　法兰西，只要塔尔伯特在这奸计中逃生，定叫你用眼泪为这一叛逆痛悔。——少女，那巫婆，那该下地狱的女巫，神不知鬼不觉酿成这地狱般的灾祸，我们差点儿没从高傲的法军手里逃出来。（下。）

（一阵警号；双方过场交兵。贝德福德抱病由担架抬上。塔尔伯特与勃艮第，及英军上。少女琼安、查理、奥尔良的私生子、阿朗松与雷尼耶自内上至城墙。）

少女琼安　　好汉们②，早安，想用小麦做面包吗？我想勃艮第公爵宁可挨饿，也不愿再出这个价买麦

---

① 原文为 wedding torch，婚礼火炬，海门（Hymen），古希腊、罗马神话中的婚姻之神，传统形象被描绘成手持一根燃烧的火炬。
② 少女琼安以挖苦的口吻称呼那些年轻绅士。

少女琼安、查理、奥尔良的私生子、阿朗松与雷尼耶自内上至城墙

	子。里面满是野草①,——你们喜欢那味道?
勃艮第	嘲笑吧,卑劣的魔鬼,无耻的娼妓!我相信过不多久,我就要拿你自己的小麦噎死你,叫你诅咒那场丰收的麦子。
查理	也许,等不到那时候,阁下就饿死了。
贝德福德	啊,别废话,用行动,报复这一反叛!
少女琼安	高贵的白胡子②,你想干嘛?躺在担架上,还想拿长矛冲死神刺一枪?
塔尔伯特	法兰西的魔王,浑身羼意的女巫,你周围是一群淫荡的奸夫,竟恬着脸嘲弄他勇敢的年纪,怯懦地挖苦一个半死之人!姑娘,我要和你再战一回合③,不然,干脆让塔尔伯特羞愧而死。
少女琼安	先生,您怎么急火火的④?——不过,少女,你要平心静气,塔尔伯特一发雷霆,准下大雨。(塔尔伯特与其他人聚在一起悄声商议。)——上帝保佑这议会!发言人是谁?

---

① 原文为 darnel, i.e. weeds,杂草,可能尤指黑麦草(又译毒麦),一种野草。
② 原文为 grey-beard,白胡子,代指贝德福德。贝德福德,即《亨利四世》中亨利四世的第三个儿子"兰开斯特的约翰亲王"(Prince John of Lancaster),1435 年去世,时年 45 岁,比圣少女琼安晚死四年。出于剧情需要,莎士比亚改写了历史。
③ 原文为 a bout,战一回合,或含性意味,以"战斗"(fighting)暗指"性交"(sex)。
④ 原文为 hot,急火火的,或含性意味,暗指贪欲之人在性事上急不可耐。

塔尔伯特　　你敢前来跟我们打一仗吗?

少女琼安　　阁下八成拿我们当傻子了,想以此测试我们的东西是否归自己。

塔尔伯特　　我没跟那个张嘴骂人的赫卡特[①]说话,而是跟你,阿朗松,还有其他人。难道你们也不肯像军人似的,出来与我们一战?

阿朗松　　　不,先生[②]。

塔尔伯特　　先生,该死的[③]!——法兰西的下贱骡夫们,活像乡下侍童一样紧挨着城墙,不敢像绅士似的拿起武器。

少女琼安　　走吧,诸位将领,咱们撤离城墙,看塔尔伯特那副神情,没安好心。上帝与你同在[④],大人!我们来,只是为了告诉你,我们在这儿。(琼安及其他人自城墙下。)

塔尔伯特　　过不多久,我们也会在那儿,否则,塔尔伯特一世英名等于耻辱!——勃艮第,以你的家族荣誉起誓,——在法兰西蒙受的公开羞辱

---

①　原文为Hecate,赫卡特,指希腊神话中具有三种身份或三种形态的变形女神,司巫术、夜和冥界,亦被视为"月神"(Luna)。在罗马神话中,赫卡特亦有三种身份:天上的月神"辛西娅"(Cynthia);人间的贞洁女神"狄安娜"(Diana);冥府的女神"普洛塞庇娜"(Proserpina)。赫卡特出行乘坐的马车由一黑一白二马牵拉。此处以赫卡特代指少女琼安是女巫的守护神。

②　原文为Seignieur, i.e. Signior,先生,古法语,"先生"(mister)。

③　原文为hang,该死的,咒骂语,意为:"该被绞死之人!"

④　原文为God b' wi' you,上帝与你同在,"第一对开本"中,此处为:"再见,大人。"

	激励你,——要么夺回这座城,要么一死了之。至于我,——像英国的亨利活在世上一样千真万确,正如他父亲曾征服这里①,——像伟大的狮心王的心脏就埋在这座刚被骗去的城市②一样千真万确,——我坚定发誓,要么拿下此城,要么去死。
勃艮第	咱们的誓言是平等的伙伴。
塔尔伯特	但离开之前,得把这位垂死的大人、英勇的贝德福德公爵安顿好。——(向贝德福德。)来,大人,我们带您去一个较好的地方,那儿更适于养病、安享暮年。
贝德福德	塔尔伯特大人,别这么叫我丢脸;我就坐这儿,在鲁昂城前,与你结伴同享福、共悲苦。
勃艮第	勇敢的贝德福德,请您听从劝告。
贝德福德	那别把我劝走,因我在书中读过,勇敢的彭德拉根③卧病担架,来到战场,击败敌人。我

---

① 1419 年,亨利五世曾率英军攻陷鲁昂。
② 塔尔伯特意指鲁昂刚被圣少女琼安用计谋骗走。"狮心王"(Coeur-de-lion),即理查一世(Richard Ⅰ, 1157—1199),被誉为英国历史上最能征善战的一位国王,1199 年征战法兰西时受伤,临终前遗嘱,要求将遗体分成心脏、身体、头颅分别埋葬;将心脏葬于鲁昂,以示对这座城及其忠勇臣民的喜爱。
③ 原文为 Uther Pendragon,彭德拉根,尤瑟·彭德拉根,传说中古不列颠或威尔士的王侯,亚瑟王之父。此处所提,事见蒙茅斯的杰弗里(Geoffrey of Monmouth)所著《不列颠诸王史》(*Historia Regnum Britanniae*)。

见士兵们像我一样，我想我该重振军心。
塔尔伯特　一颗垂死的心胸竟有无畏之豪情！——那就这么办，——愿上天保佑老贝德福德安生！——现在，别再多事，勇敢的勃艮第，立刻集合队伍，向夸下海口的敌人发起攻击。
（除贝德福德及侍从，均下。）

（一阵战斗警号。两军过场交战。约翰·福斯托夫爵士及一队长上。）
英军队长　约翰·福斯托夫爵士，这么急匆匆的，去哪儿？
福斯托夫　去哪儿？逃命！怕又要吃败仗了。
英军队长　什么？你要丢下塔尔伯特大人，逃跑？
福斯托夫　对，丢下所有的塔尔伯特，我得保命。（下。）
英军队长　懦弱的骑士，愿厄运相随！（下。）

（退兵号。两军过场交战。少女琼安、阿朗松与查理，自城中上，溃逃。）
贝德福德　此刻，安静的灵魂，顺天意离尘世，我已目睹敌军兵败。愚蠢之人，何以自恃武力[1]？刚还在这儿凭其嘲弄挑战，眼下只顾逃命。（死。用担架抬下。）

（一阵警号。塔尔伯特、勃艮第及英军残部士兵上。）
塔尔伯特　一日之内，失而复得！这是双重的荣誉，勃艮第，但这胜利之荣耀归于上天。

---

[1] 参见《旧约·诗篇》146:3："你们不要依靠世上的首领；/ 不要信赖必朽之人，他救不了你们。"《旧约·耶利米书》17:5："依靠必死之人的力量，/ 叛离了我——上主的人，/ 这种人该受诅咒。"

勃艮第	勇武的塔尔伯特,勃艮第在心底把您奉若神明,您的光辉战绩像一座英勇的纪念碑立在那里。
塔尔伯特	多谢,高贵的公爵。可眼下,那少女在哪儿?我想附在她身上的老妖魔正呼呼大睡。此刻,那私生子的夸耀,查理的嘲讽,去哪儿了?怎么,全蔫头耷脑了?这一群好汉都逃了,鲁昂当然垂头丧气。现在,恢复城里秩序,把一些有经验的官员留下,然后动身去巴黎,见国王,年轻的亨利和他的贵族们都住在那儿。
勃艮第	塔尔伯特大人有何吩咐,勃艮第悉听尊便。
塔尔伯特	不过,临行前,切莫忘记刚去世的高贵的贝德福德公爵,要为他在鲁昂举行葬礼。用长矛瞄准杀敌,没比他更勇敢的战士;在宫廷行使威权,没比他更心慈的朝臣。但国王与威权者终有一死,因为那是人类悲惨的结局。(众下。)

第三场

法兰西,鲁昂附近平原

(查理、奥尔良的私生子、阿朗松、圣少女琼安及法军士兵上。)

少女琼安　各位诸侯,不必为这意外之祸灰心,也不必为鲁昂被英军如此收复悲痛;对无法弥补的事,伤心没用,反而徒增苦恼。让那疯狂的塔尔伯特欢欣一时,像一只拖着尾巴的孔雀;只要王太子和各位听从我,我们必将拔下他羽毛,揪掉他尾巴。

查理　　　迄今为止,我们一直由你引导,对你的战术从未怀疑。一次偶然失败决不会令人生疑。

私生子　　开发才智,想出惊天妙计,我们一定叫你举世闻名。

阿朗松　　我们将找一处圣地为你立雕像,把你当一位圣徒来崇敬。那好,亲爱的童贞女,为我们的利益出力吧。

少女琼安	那必须这么办：琼安这儿有一计，凭好言相劝，外加甜言蜜语，诱使勃艮第公爵脱离塔尔伯特，听从我们。
查理	嗯，以圣母马利亚起誓，亲爱的，倘能如此，法兰西便没有亨利勇士们的立足之地，那个国家也甭想对我们如此夸口，势必从我们各省根除。
阿朗松	该将他们永远逐出法兰西，这儿的伯爵头衔，一个也甭惦记。
少女琼安	诸位看我应如何运作，才能事遂所愿。(远处鼓声。)——听！凭那鼓声可知，他们的军队正向巴黎行进。

(英军进行曲。塔尔伯特率军上，过场。)

> 那儿是塔尔伯特，他的军旗临风招展，所有英军紧随其后。

(法军进行曲。勃艮第率军上。)

> 勃艮第公爵和他的部队殿后。命运垂顾，叫他拖后。吹一声谈判号，我们要和他谈判。
> (一声谈判的军号。)

查理	请勃艮第公爵谈判！
勃艮第	谁想跟勃艮第谈判？
少女琼安	你的同胞，法兰西高贵的查理。
勃艮第	查理，有何话说？我正在行军。

查理	说吧,少女,用你的话给他施魔法。
少女琼安	勇敢的勃艮第,法兰西真正的希望,停一下,听您卑微的侍女说句话。
勃艮第	有话直说,别太啰嗦。
少女琼安	看看你的国家,看看丰饶的法兰西,再看看那些被残忍之敌毁成废墟的城镇!像母亲盯着平卧的婴儿,那么幼小便被死神合上稚嫩的双眼。看,看看病弱的法兰西①,瞧那些创伤,最丧尽天良的创伤,那都是你在她可怜的胸乳亲手留下的。啊!把你的利剑变个方向,猛刺那些害人者,不用伤害帮助我们的人。从你国家的胸口刺出一滴血,应比把外国人刺得淌血更叫你痛心!因此,回转身,以泉涌的泪水,洗掉粘在你国家身上的污点。
勃艮第	若非她这番话使我着魔,便是天性叫我立刻心软。
少女琼安	不止于此,所有法国人,整个法兰西,都在谴责你,质疑你的出身,怀疑你血统不正宗。你与谁联手?不过是个傲慢的国家,若不为自身利益,谁会信任你?塔尔伯特一旦在法兰西站住脚,把你塑成作恶的工具,到时还不

---

① 原文为 malady of France,病弱的法兰西,具双关意,指"法国病"(即梅毒)。

是英国的亨利做主人，把你像难民一样赶走？回想以往，仅留意这个证据：奥尔良公爵不是你仇人吗？他不是被俘在英格兰蹲大狱吗？但他们一听说他是你的敌人，便放了他①，连赎金都没要，不把勃艮第和他的朋友放眼里。看，这一来，你就在与同胞作战！与将要杀你的那些屠夫们携手作战！来，来，回头吧；回头，误入歧途的大人，查理和我们所有人将把你抱入怀中。

勃艮第　（旁白。）我被征服了；她这番激烈的话像呼啸的炮弹击中我，差点儿叫我跪地投降。国家，亲爱的同胞，宽恕我！诸位大人，请接受我真心的拥抱。我的人马都归你们了。再会，塔尔伯特，我不再信任你。

少女琼安　（旁白。）变来，又变去，真不愧是法国人！

查理　欢迎，勇敢的公爵，你的友谊使我们焕发活力。

私生子　在我们心底生出新的勇气。

阿朗松　少女于此发挥作用，勇气可嘉，配得上一顶小王冠②。

---

① 即奥尔尼公爵。
② 原文为 coronet，小王冠，由王子、公主或国王以下其他贵族佩戴的一种小王冠。此处指圣少女琼安完全配得上头戴一顶贵族的小王冠。

查理　　现在出发吧。诸位大人，兵合一处，谋划一下如何杀伤敌人。

鲁昂城里圣少女琼安的纪念碑

第四场

巴黎,宫中一室

[英王亨利六世、格罗斯特、温切斯特主教、理查·普朗塔热内(改称约克公爵)、萨福克、萨默赛特、沃里克、埃克塞特、弗农、巴塞特等上。塔尔伯特率英军迎面上。]

塔尔伯特　仁慈的君王,诸位高贵同僚,一听各位驾临此城,我便暂时休战,特来向我的君王致敬。为表敬意,让我这条胳膊,——曾为您赢回五十座堡垒,十二个城市,七处铜墙拱卫的乡镇,还抓了五百名高级战俘,——把宝剑放在陛下脚前,并以忠顺之心,将其征战之荣耀首先归于上帝,再归于陛下。(跪下。)

亨利六世　格罗斯特叔叔,这位就是长久驻防法兰西的塔尔伯特大人?

格罗斯特　回禀陛下,我的主上,是的。

亨利六世　(向塔尔伯特。)欢迎,勇敢的统帅,胜利的将军!

	我年少时，——现在也没多大，——清楚记得父王说过，没有哪个手持宝剑的战士比你更勇猛。我早就对你的忠诚、尽职、作战不畏艰辛，深信不疑，但你从未尝到过我的奖赏，连一句答谢的话都没听过，因为直到此时我才见到你的面。因此，起身吧；(塔尔伯特起身。)为奖赏你的卓越战功，我在这儿封你为什鲁斯伯里伯爵，并请你参加我的加冕典礼。(喇叭奏花腔。除弗农与巴塞特，均下。)
弗农	我现在问你，先生，你在海上侮辱我佩戴的徽章，我那是向高贵的约克公爵表达敬意，——你还敢坚持先前说过的话吗？
巴塞特	是的，先生，像你敢护着粗野的舌头，向我家主人萨默赛特公爵恶意狂吠一样，我也敢。
弗农	小子，我对你主人的尊敬，是他应得的。
巴塞特	嘿，他什么身份？不比约克差。
弗农	听好喽，不是这样；叫你开眼，瞧我揍你。(打他。)
巴塞特	恶棍，你明知法律严禁在宫廷附近持械打斗，违令挥剑者立即处死，否则，这一下该把你最要命的血放出来[①]。但我要去见陛下，求他准我

[①] 此句易产生歧义，或有两种解释：1."你打我这一下该放出我最要命的血。" 2. "我这一下该放出你最要命的血。"

报仇；到时叫你吃不了兜着走①。

弗农　说定了，恶棍，我要跟你一样快，你到那儿，我也到那儿；获准后②，我会更急着跟你相会。（同下。）

---

① 此句直译为："到时叫你亲眼见到所付出的代价。"
② 指国王准许挥剑动武之后。

第四幕

第一场

巴黎，宫中大殿

（国王亨利六世、格罗斯特、温切斯特主教、约克、萨福克、萨默赛特、沃里克、塔尔伯特、巴黎总督与埃克塞特上。）

格罗斯特　　主教大人，把王冠戴他头上。

温切斯特　　（给亨利国王加冕。）上帝保佑亨利六世国王！

格罗斯特　　现在，巴黎总督，你宣誓，——（总督跪下。）除了他，别的国王一律不认；除了他的朋友，别把任何人当朋友；除了恶意图谋他王位的人，不把任何人视为仇敌。必须这样做，愿正义的上帝帮助你！（总督及随从下。）

（福斯托夫上。）

福斯托夫　　仁慈的君王，我骑马从加莱①赶来参加您的加冕礼，路上有一封信递到我手里，（出示信。）

---

① 原文为 Calais，加莱，今法国北部重要城市，北与比利时接壤，与英国隔海相望。

	|是勃艮第公爵写给陛下您的。
塔尔伯特	勃艮第公爵和你一样无耻！卑贱的骑士，我发过誓，下次碰到你，要把那嘉德吊袜带[①]从你这懦夫腿上扯下来。(扯下绶带。)——我扯下来了，——那样的高位你不配。——亨利陛下，诸位大人，请原谅；这个卑鄙的懦夫，帕泰一战，我全部兵马不过六千，法军兵力几乎是我十倍，双方尚未交手，或干脆说，一击未发，他便像个忠实的随从[②]，逃没影儿了。这次袭击我军损失一千两百人，我本人和好几位贵族将领[③]均遭突袭，做了俘虏。诸位大人，请裁决，是我出了岔子，还是这样的懦夫该戴上这个骑士装饰物[④]，谁对谁错？
格罗斯特	说实话，这件事很丢人，搁普通一兵[⑤]都不合适，何况一名骑士、一个步兵团的指挥、一位领兵的长官。

[①] 原文为 Garter，吊袜带，指嘉德勋章蓝金二色相混的丝绒绶带，绑在左膝下方，作为骑士的标志。嘉德勋章(The Most Noble Order of the Garter)是英国骑士最高勋位，源于中世纪，有说在1348年由爱德华三世创立，一般授予战功卓著的骑士。

[②] 原文为 squire，随从，专指骑士或高贵武士的随从。

[③] 原文为 gentlemen，贵族将领，指享有使用纹章权利的贵族将领。

[④] 原文为 ornament of knighthood，骑士装饰物，即绑在左膝下方的那个作为骑士标志的嘉德勋章丝绒绶带。

[⑤] 原文为 common man，普通一兵，这里指没有任何头衔、爵位的普通士兵。

塔尔伯特　　这一勋位创立之初,诸位大人,戴嘉德绶带的骑士全都出身高贵,人人英勇,个个贤德,充满豪勇之气,全凭战功赢得荣誉;他们不惧死神,困境中不退缩,身处绝境,也决心永固。而他,天生没有这种禀赋,只是窃取了骑士这一神圣称号,是对这一最尊荣勋位的玷污;对这种人,——我若有资格裁决,——就该像对一个出身寒门,却自吹自擂有贵族血统的农夫那样,狠命降级[1]。

亨利六世　　同胞的耻辱,听清对你的判决!滚吧,你不是骑士了,从此以后,我将你放逐,若抗命不遵,立即处死。(福斯托夫下。)现在,护国公大人,你看一眼我舅舅[2]勃艮第公爵的来信。

格罗斯特　　(看信封。)公爵什么意思,连称呼都变了?除了简单唐突的"交给国王",一个多余字没有?他忘了这是他的君王?莫非信封上这粗鲁的称呼意味着他已改变初衷?信里写的什么?——(念。)"鉴于特殊原因,——对本国之毁灭心生悲悯,加之在你们压迫下行将耗尽的可怜民怨,——我放弃与你们破坏性的

---

[1] 原文为 quite degraded,狠狠降级,指降低贵族或骑士头衔的级别。
[2] 勃艮第公爵是亨利五世之弟贝德福德公爵的妻舅,故亨利六世称之舅。

联盟,与查理,法兰西的合法国王,携手联合。"啊,惊天的背叛!能有这种事?——在联盟、友好和誓言之下,竟藏有这种虚伪的欺诈?

亨利六世　什么?我舅舅勃艮第反了?

格罗斯特　反了,陛下,他成了您的敌人。

亨利六世　这是信里最糟的内容?

格罗斯特　最糟的,陛下,这是全部内容。

亨利六世　那塔尔伯特勋爵该去跟他谈谈,对他这一欺诈给予惩罚。——意下如何,大人?你不赞同?

塔尔伯特　赞同,陛下!嗯,哪怕您不开口,我也会讨要这份差事。

亨利六世　那集合部队,立刻发兵。叫他明白我对他的背叛有多难容忍,愚弄朋友到底有多大罪过①。

塔尔伯特　我去了,陛下,一心渴望您老能看到敌人覆灭。(下。)

(弗农与巴塞特上。)

弗农　仁慈的君王,请允准我决斗!

巴塞特　还有我,陛下,也允准我决斗!

---

① 参见《旧约·出埃及记》20:1—3:"上帝发言,做如下训示:……我以外,你(摩西)不可敬拜别的神。"《旧约·申命记》5:7:(上帝对摩西说)"我以外,你不可敬拜别的神。"

约克公爵	（手指弗农。）这是我的随从，尊贵的陛下，听他说。
萨默赛特	（手指巴塞特。）这是我的随从，亲爱的亨利，帮他一下。
亨利六世	耐住性子，二位大人，让他们把话说完。——说吧，二位，为何大喊大叫？为什么要决斗？跟谁决斗？
弗农	跟他，陛下；他冒犯我了。
巴塞特	我跟他决斗，他冒犯了我。
亨利六世	你俩互相指控，那这冒犯因何而起？我先听完，再作答复。
巴塞特	从英格兰渡海来到法兰西，这家伙用恶意挑刺儿的舌头，骂我戴的这朵玫瑰，说这鲜红的花瓣儿代表我家主人羞红的脸，当时说起我家主人和约克公爵之间关于某个法律问题[①]的争执，他顽固到家，死不认账；还说了许多恶毒的下流话。为驳斥这一粗鲁漫骂，捍卫我家主人的尊严，恳求特许我进行决斗。
弗农	尊贵的陛下，这也是我的正式请求。虽说他似乎凭花言巧语，为其大胆图谋蒙上一层貌似可信的诱人外表，但陛下明白，是他惹的

[①] 原文为 a certain question，某个法律问题，指第二幕第四场普朗塔热内（约克公爵）和萨默赛特之间发生的那场关于继承权和约克公爵之父被剥夺财产权的争吵。

	我。他先对这个徽章挑眼,声称这朵淡白色的花暴露出我家主人内心的懦弱。
约克公爵	你就不能放下这怨恨?萨默赛特。
萨默赛特	你的私怨,约克大人,甭管遮掩得多么巧妙,总会暴露出来。
亨利六世	仁慈的主啊!愚蠢之人抽什么疯,竟为这么件轻微无聊的事,闹得如此分裂对抗!——约克和萨默赛特,两位亲戚,请你们平心静气,以和为贵。
约克公爵	这一纷争先用武力解决,然后陛下再颁令和解。
萨默赛特	这场争执纯属我俩的私事,与他人无关,还是我们自行解决。
约克公爵	我以此为凭,向你挑战①,萨默赛特,接受吧。
弗农	不,事情怎么闹起来的,保持原样儿好了②。
巴塞特	我尊贵的主人,您允准这么办吧。
格罗斯特	允准这么办?毁灭纷争吧,连同你们放肆的胡扯一起毁灭!狂妄的奴才!这傲慢的怒声吵闹,烦扰了国王和我们,你们不害臊吗?——

---

① 原文为 my pledge,我以此为凭,指为决斗抛下的抵押物,一般将手套抛掷于地,作为挑战的凭证。

② 弗农的意思是,回到当初他要和巴塞特决斗的原样儿。

|||还有你们，二位大人，我觉得你们万不该容忍他们故意作对、相互指控，更不该从他俩嘴里逮住机会，你俩闹起冲突。听我一句劝，走路选好道儿。

埃克塞特　陛下伤心不已，二位高贵的大人，和好吧。

亨利六世　过来，你们两个想决斗的人。我命令你们，若想得到我的恩惠，从今往后，就把这场纷争连同起因忘干净。——还有你们，二位大人，记住我们身在哪里；在法兰西，一个善变、易摇摆的国家。他们若透过外表察觉我们有纷争，内部意见不和，岂不激得他们病态肠胃①存心抗命、公然反叛！此外，一旦各国君王获知亨利王身边的同僚和贵族首脑，竟为一点儿微不足道的琐事自相毁灭，丢掉法兰西领地，那将引来怎样的骂名！啊！想一下我父亲当年的征服，想一下我年纪还小，别为一件小事便把咱们用血买来的领地断送！我来做这场危险纷争的公断人：我若戴上这朵玫瑰，(戴上一朵红玫瑰。)我看毫无理由，会有什么人因此猜疑我在萨默赛特和约克之间更偏心谁。两位都是我亲戚，两人我都

---

① 原文为 grudging stomachs，病态肠胃，指心里的怨恨情绪。

爱。他们也可以指责我加冕,因为,说实话,苏格兰人的国王也加过冕①。好在你们的判断力比起我所能给的指点或教导更令人信服。因此,我们来时和平相处,就让我们始终保持和平友爱。——约克叔叔,我任命你为法兰西归我统治的这些地方的摄政,——高贵的萨默赛特大人,把你的骑兵和他的步兵团联合起来;像忠心的臣民和你们先辈的儿子一样,欢心同往,在敌人头上消化愤怒的胆汁。我本人,护国公大人,及其他各位,稍作停留,便返回加莱;从那儿回英格兰。期望过不多久,凭你们的胜利,便可将查理、阿朗松和那伙儿叛徒献上。(喇叭奏花腔。除约克、沃里克、埃克塞特及弗农外,均下。)

沃里克　　不瞒您说,约克大人,我觉得国王扮演了一回演说家,巧言善辩。

约克公爵　他确实能辩,但我不喜欢他戴上萨默赛特的标徽。

---

① 此句原文如此,应属正话反说,意为:他们总不能因为苏格兰人的国王加过冕就对我的加冕进行指责。此处,"苏格兰人的国王"(the king of Scots),指苏格兰大卫二世(David Ⅱ, 1324—1371),罗伯特·布鲁斯(Robert the Bruce)之子,1346 年入侵英格兰达勒姆郡(Durham),在"内维尔十字之战"(Neville's Cross)中被俘,在英国度过 11 年囚禁生涯,承诺缴纳高额赎金后被放回。

沃里克	咳,那只是心血来潮,别怪他;我敢说,亲爱的殿下,他无心伤害您。
约克公爵	如果我知道他有心,——先不提这个,眼下必须处理别的事。(约克、沃里克与弗农下。)
埃克塞特	理查,你忍住了没开口,做得对。因为你心里的怨气一旦迸发,恐怕会看到更多的深仇怨恨、更多狂暴纷争,一股脑全暴露出来,超乎想象或预期。但不管怎样,没一个平民看到贵族间如此失和不睦,看到宫廷里如此相互顶撞,看到各自支持者如此倾轧、争辩不休,会不明白这一定预示着什么糟糕的结果。权杖落入孩童之手,此事非同小可。 　　一旦怨恨滋生反常的分裂,只会更糟, 　看吧,毁灭近在眼前,混乱即将开局。(下。)

波尔多城前

第二场

法兰西,波尔多①城前

(塔尔伯特与鼓号手上。)

塔尔伯特　　号兵,到波尔多城门,把守军统帅召上城墙。

(吹号。法军驻波尔多统帅及其他上城墙。)

---

①　原文为 Bordeaux,波尔多,位于法国西南部加龙河(River Garonne)上的港口城市。

各位将领,英国人约翰·塔尔伯特,英王哈里麾下武将,召你们前来,发愿如下:——打开城门,归附纳降,奉我的君王为君王,以顺民的身份向他效忠,我和我嗜血的军队即可撤兵。但若拒不接受这一和平提议,你们便激怒了我的三位侍从:把人饿瘦的饥荒、肢解尸体的兵刃和火苗蹿升的烈焰;倘若放弃它们的好意,它们立刻把你们恢弘的冲天高塔夷为平地。

法军统帅　你这不祥的、死神的可怕夜枭[1],酿成我们国家恐怖和血灾的祸根!你残暴的末日近在眼前。你除了送命,休想进城。因为我能证明,我们防守严密,有足够的兵力冲出一战。你若撤退,装备精良的王太子已布下缠捉你的战网。你两侧都有部队严阵以待,叫你插翅难逃;你没办法求援,只能眼睁睁面临毁灭,遭逢死一般的毁灭。一万名法军士兵已领受圣餐[2],他们凶险的大炮只瞄向英国人塔尔伯特,不向任何一个基督徒的灵魂开火。瞧,你站在那儿,一条活生生的勇汉,透出一股

---

[1] 夜枭(猫头鹰)的叫声被视为邪恶或希望的凶兆。
[2] 原文为 ta' en the sacrament,领受圣餐,领圣餐是一种见证誓言的方式,在此指已有万名法军士兵立下誓言。

	不可征服的无敌英气。这是我,你的敌人,给予你最后一句颂扬的荣耀。因为此刻,沙漏已开启,漏不到一个小时,这双现在见你满脸红润的眼睛,将眼见你枯萎、流血、惨白、丢命。(远处鼓声。)听!听!王太子的战鼓,一声警钟,为你胆怯的灵魂发出庄严的乐曲;而我的战鼓,将替你敲响可怕的死亡。(法军统帅自城墙下。)
塔尔伯特	他没说谎,我听见敌军来了。——派出几名轻骑兵,侦查他们两翼。——啊,粗疏大意的战术!我们被围进一个多么封闭的圈子,——一小群胆怯的英格兰鹿,被一群狂吠的法国猎犬吓住了!哪怕我们是英国鹿,也该生龙活虎;别像瘦弱小鹿似的一咬就倒,而要像狂怒、拼命的雄鹿,把剑似的鹿角转向嗜血的猎犬,使懦夫们不敢近身半步。朋友们,每个人都像我这头鹿一样卖命,叫他们发现我们这群鹿卖价昂贵[①]。—— 上帝和圣乔治,塔尔伯特和英格兰的权利,保佑我们的军旗在这场凶险的战斗中成功!(众下。)

[①] 原文为 dear, i.e. costly,昂贵,在此与"亲爱的"(dear)谐音双关。

第三场

法兰西,加斯科涅①一处平原

(约克公爵率号兵及士兵上。一信差上。)

约克公爵　派去追踪王太子强大军队的那几个轻骑探马还没回来?

信差　　　回来了,大人。据报,王太子率军前往波尔多,迎战塔尔伯特。在他行军中,您的探马又发现两支比他所率部队更强大的军队,与他合兵一处,向波尔多进发。(下。)

约克公爵　那该遭瘟疫的恶棍萨默赛特,竟如此延误,他答应派出援军,那可是我专为这次围城征召的骑兵!威名远扬的塔尔伯特盼我救援,我却被一个奸诈混蛋愚弄,无力帮那高贵的

---

① 原文为 Gascony,加斯科涅,法国南部一城市。"第一对开本"舞台提示为:地点不详,距波尔多六小时距离。

骑士。在这军情危急之下,愿上帝救助他!他若有个好歹,征战法兰西就此诀别。

[又一信差(威廉·路西爵士)上。]

路西爵士　英军的尊贵统帅,法兰西领地从未如此急需您,火速援救高贵的塔尔伯特,眼下他被一条铁箍围困,濒临无情的毁灭。去波尔多,神勇的公爵!去波尔多,约克!否则,塔尔伯特,法兰西,英格兰的荣誉,全完了。

约克公爵　上帝啊!愿那心怀骄狂、扣住我骑兵的萨默赛特,身在塔尔伯特之位!那样我们便可以救下一位骁勇的军人,丢弃一个叛徒、懦夫。

　　　　　我们这样去死,疏忽的叛徒却安然入眠,
　　　　　发疯的狂怒、暴怒之火,怎不叫我挥泪!

路西爵士　啊,快派些援兵,去救身处险境的勋爵。

约克公爵　他一死,我们失败;我有违军人的诺言。
　　　　　我们伤心、受损,法国微笑、天天获利。
　　　　　这一切全都怪萨默赛特那个邪恶的叛徒。

路西爵士　那祈愿上帝垂怜勇敢的塔尔伯特的灵魂和他的幼子约翰,两小时前,我遇见他在赶去见勇敢父亲的路上。

　　　　　这七年,塔尔伯特同他儿子从不曾相见;
　　　　　此时父子相聚,两条命转眼间命丧黄泉。

约克公爵　　唉！高贵的塔尔伯特迎幼子
　　　　　　进入他坟墓,会有何等欢乐？
　　　　　　走,——痛苦几乎叫我窒息,
　　　　　　久别的亲人竟在临死之际相遇。——
　　　　　　路西,再会。命运也只能叫我诅咒
　　　　　　害我不能救援勋爵的那个祸端①。
　　　　　　缅因,布卢瓦,普瓦捷,图尔,都被夺走,
　　　　　　一切皆因萨默赛特,一切皆因他贻误战机。
　　　　　　（率军下。）
路西爵士　　当内讧的秃鹫在这些伟大将领的胸膛啄食
　　　　　　之际,那些慵懒懈怠之徒,就这样把我们刚
　　　　　　死不久②的征服者,永活在人们记忆里的亨
　　　　　　利五世打下的江山断送了。——
　　　　　　　正在他们彼此倾轧、相互阻挠之时,
　　　　　　　生命、荣誉、土地,一切急速丧失。（下。）

---

① 原文为 cause,那个祸端,指萨默赛特不派援军。
② 原文为 scarce-cold,刚死不久。历史上,亨利五世死于 1422 年,塔尔伯特死于 1453 年,两者时隔 31 年,并非"刚死不久"。莎士比亚在此出于剧情需要,把历史移花接木。

第四场

法兰西,加斯科涅另一处平原

(萨默赛特率军上;塔尔伯特部下一队长上。)

萨默赛特　来不及了;我现在不能派他们去。由约克和塔尔伯特谋划的这次军事行动过于草率。单城内守军搞一次突围,我军便要全力应对。胆子过大的塔尔伯特,凭这次疏忽、拼命的疯狂冒险,把以往所有荣誉的光彩都弄脏了;
　　　　　约克撺掇他出战,好叫他在屈辱中死去,
　　　　　塔尔伯特一死,显赫的约克便独享荣誉。
英军队长　威廉·路西爵士来了,他和我都是从我们寡不敌众的部队前来求援。

(威廉·路西爵士上。)

萨默赛特　怎么,威廉爵士,您这是奉命去哪儿?
路西爵士　去哪儿,大人? 从遭背叛的塔尔伯特大人那儿来;他,被绝境所困,吁求高贵的约克和萨默赛特,击退攻击他薄弱军队的死神。正当这位令人尊敬的统帅在那儿,从战至疲惫的四肢滴下血腥的汗水,竭尽全力苦撑战局,期盼援军之时,您,他虚假的希望,英格兰荣誉的监护人,却因卑劣的野心①冷眼旁观!当他,声名远扬的高贵将军,在敌众我寡之下豁出命的时候,请您千万别因私怨,扣住征召来的援军一兵不发。奥尔良的私生子,查理,勃艮第,阿朗松,雷尼耶,围住了塔尔伯特,您的过失叫他必死无疑。

萨默赛特　　约克鼓动他出战,应由约克派兵支援。

路西爵士　　约克也急着怪罪殿下,骂您把他专为这次远征招募的军队扣住不发。

萨默赛特　　约克说谎,他可以派人来,把他的骑兵叫走。我不欠他责任,更不欠情分,犯不着自取其辱派兵讨好他。

路西爵士　　现在,是英格兰的欺诈,而不是法兰西军队,使豪迈的塔尔伯特落入陷阱。

　　　　　　英格兰将永不能承载他的生命,
　　　　　　你们的争斗背叛命运、害他丢命。

萨默赛特　　好了,去吧;我马上派骑兵,援军六小时之内

---

① 原文为 worthless emulation,卑劣的野心,也可解作"无聊的争斗"。

到达。
路西爵士　救援来不及了。他不是被俘就是被杀。因为他想逃也逃不掉,何况就算能逃,塔尔伯特也绝不逃。
萨默赛特　英勇的塔尔伯特,他若死了,那再见吧!
路西爵士　他的威名永活世间,他的耻辱在你心底。(同下。)

第五场

法兰西,波尔多附近英军军营

(塔尔伯特与其子约翰上。)

塔尔伯特　　啊,年轻的约翰·塔尔伯特!我派人叫你来,原想教你一些用兵韬略,待衰朽残年和虚弱无力的四肢将你父亲引入躺椅之时,你能重振塔尔伯特的威名。不料,——唉,邪恶、不祥的星辰!——你现在来参加一席死神的盛宴,一场可怖的、不可避免的危险。因此,亲爱的孩子,骑上我脚力最快的马,我来指点你如何迅速脱逃。来,别耽搁,快走。

约翰　　　我叫塔尔伯特吧?我是您儿子吧?我会逃吗?啊,您若爱我母亲,就不要辱没她高贵的名誉,别叫我当杂种、当奴隶:

　　　　世人会奚落,他岂能是塔尔伯特的骨血,
　　　　高贵的塔尔伯特血战,他却低贱地逃走。

波尔多附近英军军营

塔尔伯特	逃吧,我若被杀,为我报仇。
	约翰如此脱逃,谁也不会再回来。
	咱俩都留下,肯定无一活命。
约翰	那让我留下,父亲,您逃命。
	您一死影响重大,您的安危最要紧。
	我一无名小卒,死不足惜无关紧要。
	对我的死,法国人没什么理由夸耀,
	却能拿您的死吹嘘,使我们一切希望落空。
	逃跑玷污不了您平生赢得的荣誉,
	而我却会因寸功未立,名誉受损。
	人人都会起誓,您逃乃用兵之道,
	而我后退,他们却会说胆小怯阵。
	我若第一小时便畏缩、逃脱,
	也甭指望日后我会在此坚守。
	我情愿跪在这儿,乞求战死,
	也不愿身负恶名,苟且活命。
塔尔伯特	要把你母亲的所有希望同归一座坟墓?
约翰	对,甘愿如此,绝不辱没母亲的胎宫①。
塔尔伯特	领受我的祝福,我命令你走。
约翰	我宁可一战,绝不临阵逃走。
塔尔伯特	你父亲的一部分可在你身上存活。

---

① 原文为 my mother's womb,我母亲的胎宫,意为"母亲孕育我的子宫"。

约翰	我身上除了耻辱,没他任何部分。
塔尔伯特	你寸功未立,自然不会丧失功名。
约翰	会。您威名远扬,逃走岂不败您英名?
塔尔伯特	你父亲的命令便可把那污点洗净。
约翰	那时您已被杀,不能为我作证。 若必丧命,干脆咱俩一起逃走。
塔尔伯特	只留我的部下在这儿血战到死? 我这辈子从未蒙受过如此屈辱。
约翰	难道我年少,便活该担此罪名? 就像您不能把自己一劈两半儿, 谁也别想叫我离开您身边。 或留或逃,怎么做,一切随您; 父亲若战死,您儿子绝不苟活。
塔尔伯特	那我在这儿向你告别,好儿子, 今天下午,你的生命注定消亡。 来,肩并肩,让我们同生共死, 两颗灵魂齐从法兰西飞向天堂。(同下。)

第六场

法兰西,波尔多附近一战场

(战斗警号。两军过场交战。塔尔伯特之子约翰被法军包围,塔尔伯特上前营救。)

塔尔伯特　　圣乔治与胜利同在!杀啊,士兵们,杀啊!
　　　　　　摄政王①对塔尔伯特说话不算数,
　　　　　　让我们面对法兰西愤怒的宝剑。
　　　　　　约翰·塔尔伯特在哪儿?——停下歇口气:
　　　　　　我给了你生命,又把你从死亡中救起。
约翰　　　　啊!您两次做我父亲,我两次做您儿子;
　　　　　　您第一次给我的生命消磨殆尽,
　　　　　　多亏您撇下命运,凭神勇之剑,
　　　　　　给我有限的时光续上新的日期。
塔尔伯特　　见你挥剑把王太子的头盔打出火星,

---

① 摄政王,即约克公爵,在第四幕第一场被亨利六世任命为摄政王。

你父亲暖在心头,涌出骄傲的渴望,
大胆盼着胜利。铅灰色的年龄①随之
再生出青春的血性和鏖战的怒火,
打败阿朗松、奥尔良、勃艮第,
将你从傲慢的高卢②军中救出来。
那愤怒的奥尔良私生子,把你打出血,
叫我的孩子,第一次出战就破红③;
没多久,我同他交手,几个回合,
我很快把那杂种刺出血来;我羞辱他,
这样对他说:——"卑劣的可怜虫,
你刺伤我勇敢的孩子塔尔伯特,害他
流出清纯的血,我要为他复仇,
叫你流出肮脏、下贱、杂种的血。"——
嘿,我正要毁掉这个杂种,
强大的援军来了。为父关心你,告诉我,——
约翰,你不疲乏吗?感觉怎么样?
此时,你足可确认是骑士之子,
孩子,你不愿离开战场,逃掉?
快逃,我死后,为我的死复仇;
多你一人助战,对我用处不大。

---

① 原文为 leaden age,铅灰色的年龄,即迟暮之年。
② 原文为 Gallia, i.e. Gaul,高卢,即法兰西。
③ 原文为 maidenhood,破红,原指"童贞"(virginity)。

啊！把咱们的命全赌在一条小船，
我心里清楚，这简直愚蠢透顶。
即便我今天不死于法国人的怒火，
明天也将终老而亡。我留下，——
我的命顶多缩短一天，
他们从我身上捞不到半点便宜。
你一死，你母亲，我们家族的名誉，
我的死仇，你的青春，英格兰的名声，
一块儿跟着死。你若留下，这一切
及其他更多，必定陷入危险，
你若远走高飞，这一切都将获救。

约翰　　奥尔良的剑没带给我痛感，
您这番话却叫我心底流血。
若要凭这种屈辱讨买那种便宜，——
为救一条小命杀死辉煌的名誉，——
便在小塔尔伯特逃离老塔尔伯特之前，
干脆先把驮我的那匹孬种马弄死在地！
干脆把我当成法兰西的农家小屁孩儿，
成为受辱的嘲弄对象和厄运的牺牲品！
没说的，我以您赢得的一切荣耀起誓，
我若逃走，我就不是塔尔伯特之子，
别再说逃离的话，丝毫不管用。
身为塔尔伯特之子，理应死在他脚下。

塔尔伯特　　　那你,伊卡洛斯①,便跟随你克里特岛
　　　　　　　拼上老命的父亲。你是我的命根子:
　　　　　　　你若杀敌,就在为父身边冲杀战斗;
　　　　　　　显示我们值得颂扬,然后在荣耀中死去。(同下。)

---

① 原文为 Icarus,伊卡洛斯,古希腊神话中代达罗斯(Daedalus)之子,在跟随父亲用蜡和羽毛制成的双翼逃离克里特岛时,因飞得离太阳太近,双翼上的蜡被烤化,坠海而死。为纪念伊卡洛斯,将埋葬他的位于爱琴海北部的海岛取名伊卡里亚(Icaria)。

第七场

法兰西,波尔多附近战场另一部分

(战斗警号。两军过场交战。负伤的老塔尔伯特由一仆人搀上。)

塔尔伯特　　我另一条命在哪儿?——我的命已消失。——
　　　　　　啊,小塔尔伯特在哪儿?勇敢的约翰在哪儿?
　　　　　　胜利的死神,你受伤的俘虏满身血污①,
　　　　　　小塔尔伯特的勇气,却叫我这个
　　　　　　死神的俘虏对死神微笑。——
　　　　　　他一见我败退,跪倒在地,
　　　　　　便舞着血淋淋的剑替我遮挡,
　　　　　　他像一头饥饿的雄狮,
　　　　　　猛扑上去,发出凶狠的怒吼;
　　　　　　可当这狂暴的护卫独自站立,
　　　　　　照看我的伤情,已无进攻之敌,

---

① 塔尔伯特说自己成了死神"受伤的俘虏"。

	他目光呆滞,狂怒满胸,
	突然从我身边一跃而起,
	杀入法国人密集的军阵:
	我的孩子怀抱过分的雄心,
	淹没在那片血海里,
	我的伊卡洛斯,我初绽的鲜花,
	他的青春华年,在那儿阵亡。
仆人	啊,亲爱的大人!瞧,把您儿子抬来了!

(众士兵抬约翰·塔尔伯特尸体上。)

塔尔伯特	你这咧嘴笑的死神,在这儿讥笑我们,
	不久,两个塔尔伯特将永合为一,
	从你暴虐的凌辱下脱身,
	双双飞过轻盈的天空,蔑视你,
	以灵魂之不朽逃离死神。——
	(向约翰。)啊!你的伤口倒与丑陋的死神相配,
	在你断气前,再跟父亲说句话;
	挑战死神有话直说,甭管他是否乐意;
	把他想成一个法国人,你的仇敌。——
	可怜的孩子!露出微笑,我想他本想说,
	"死神若是法国人,那他今天便已送命。"——
	来,来,把他放在父亲怀里:
	我的心再不能承受这种伤痛。
	士兵们,再会!我已得我之所求,

约翰·塔尔伯特坟墓底部的雕像

我这衰老的双臂便是小约翰·塔尔伯特之墓。(死。)

(军号。众士兵及仆人下,留下两具尸体。查理、阿朗松、勃艮第、奥尔良的私生子、少女琼安率军上。)

查理　　　约克和萨默赛特若及时救援,今天必是
　　　　　个血腥之日。

私生子　　塔尔伯特那小狗儿①,简直发了疯,
　　　　　竟用法国人的血初试②稚嫩的剑锋!

少女琼安　我曾与他相遇,这样对他说:
　　　　　"你这童男,必遭处女征服。"
　　　　　可他以一种威严高傲的口吻,
　　　　　这样挖苦我:"小塔尔伯特天生
　　　　　不当一个妓女丫头的战利品。"
　　　　　话音刚落他便冲入法军纵深,
　　　　　傲然丢下我,好像我不配交手。

勃艮第　　无疑他本应成为一名高贵骑士。
　　　　　瞧,他入殓的棺椁,那儿是一双
　　　　　教他杀敌的最弑血的护士的臂弯!

私生子　　把他们砍碎,把他们骨头剁烂,
　　　　　他们生前是英格兰的荣耀,高卢的祸根。

---

① 原文为 whelp, i.e. puppy, 小狗儿, 此处为文字游戏, 有一种猎犬叫"塔尔伯特"。
② 原文为 flesh, 初试, 此说法源于对猎犬的训练, 为刺激猎犬的凶猛, 给其喂食生肉。

查理　　　　啊,不可!他活着我们避之不及,

　　　　　　他死后,我们也不要加以凌辱。

(一法军传令官引威廉·路西爵士上。)

路西爵士　　传令官,引我去王太子的营帐,我要知道谁

　　　　　　获得今天的荣耀。

查理　　　　你奉命来递交降书?

路西爵士　　投降,王太子?那纯粹是个法语词;我英格兰

　　　　　　勇士搞不懂它什么意思。我来只为弄清你们

　　　　　　抓了哪些俘虏,并清点一下死者尸体。

查理　　　　你问俘虏?地狱便是我们的监牢。但告诉我,

　　　　　　你要找谁?

路西爵士　　战场上伟大的阿尔喀德斯①,神勇的塔尔伯

　　　　　　特勋爵,什鲁斯伯里伯爵身在何处?他战功

　　　　　　卓著,被受封为伟大的瓦什福德、沃特福德

　　　　　　和瓦朗斯伯爵;古德里奇和厄琴菲尔德的塔

　　　　　　尔伯特勋爵;布莱克米尔的斯特兰奇勋爵,

　　　　　　奥尔顿的凡尔登勋爵,温菲尔德的克伦威尔

　　　　　　勋爵,谢菲尔德的弗尼沃尔勋爵,三战全胜

　　　　　　的福康布里奇勋爵,受领过尊贵圣乔治勋章

　　　　　　的骑士, 相当于圣迈克尔骑士②和金羊毛骑

---

① 原文为 Alcides,阿尔喀德斯,古希腊神话中大力神赫拉克勒斯(Hercules)的本名。

② 原文为 Saint Michael,圣迈克尔骑士,法国骑士勋章之一,于该剧剧情故事发生之后的 1469 年设立。

士①；他是亨利六世麾下指挥法兰西境内一切战事的大元帅。②

少女琼安　　好长一串聊无意义的显赫头衔！拥有五十二个国王的土耳其苏丹，也列不出这么一大嘟噜累赘。你拿所有这些头衔夸耀的那个人，此时就在我们脚下，躺在这儿发出恶臭，烂得生了蛆。

路西爵士　　塔尔伯特，法兰西的唯一祸根，你们王国的恐怖，邪恶的涅墨西斯③，被杀死了？啊！愿我的眼珠变成枪弹，带着怒火射在你们脸上！啊！只愿这些阵亡者死而复生！那足以叫法兰西王国害怕。只要把他的画像留在你们这儿，你们中的最骄狂者也会为之惊恐。把尸体交给我，我把他们运回去，按各自身份分别入葬。

少女琼安　　我想这自命不凡之人准是老塔尔伯特的幽灵，说起话来如此盛气凌人。看在上帝份上，把尸体给他：留他们在这儿，只会发臭，使空

---

①　原文为 Golden Fleece，金羊毛骑士，另一种法国骑士勋章，1429 年设立。
②　塔尔伯特这一长串显赫头衔可能源自其最初建在位于法国的坟墓上的一段碑文。
③　原文为 Nemesis，涅墨西斯，希腊神话中的复仇女神，主司正义和报应，惩罚骄狂之人。

	气腐烂。
查理	去运尸体吧。
路西爵士	我这就运走；
	不过,从他们的骨灰里将生出
	一只凤凰,令全法兰西惊恐不安。①
查理	只要我能摆脱他们,怎么处理随你们便。——
	此刻,在这胜利者的心情下进军巴黎,
	弑杀的塔尔伯特被杀,一切属于我们。
	（同下。）

---

① 此源自凤凰涅槃浴火重生的神话:凤凰乃传说中一种神鸟,每五百年,投身火中自焚,并于灰烬中重获新生。

第五幕

王宮中一室

第一场

伦敦,王宫中一室

(仪仗号。亨利六世、格罗斯特与埃克塞特上。)

亨利六世　　教皇、皇帝,还有阿马尼亚克伯爵的来信①,你都仔细看了?

格罗斯特　　看了,陛下;信的意思是:——他们恭请陛下为英格兰和法兰西两个王国缔结神圣的和平。

亨利六世　　您倾向于接受他们的提议?

格罗斯特　　很好,我仁慈的陛下;这是阻止基督徒流血、建立各方和平的唯一办法。

亨利六世　　唉,以圣母马利亚起誓,叔叔,因为我总想,

---

① 历史上,罗马教皇尤金四世(Eugene Ⅳ, 1383—1447)与神圣罗马帝国皇帝西吉斯蒙德(Sigismund von Luxemburg, 1368—1437)出面调停法兰西境内和平,是在1435年;法兰西强权人物阿马尼亚克伯爵为女儿向亨利六世提亲,是在1442年,这两件事均发生在塔尔伯特死前很久。出于剧情需要,莎士比亚将其在剧中合并。

	在同一信仰的人们之间发生如此暴行、血斗，既不虔诚，又违背天理。
格罗斯特	此外，陛下，为尽早达成、并更牢靠地结下这友谊，阿马尼亚克伯爵，——查理的近亲，法兰西一位强权人物提议联姻，——要把独生女儿嫁给陛下，陪送一大笔奢华的嫁妆。
亨利六世	结婚，叔叔？哎呀，我岁数还小①，更宜攻读学习，岂能跟一个情人淫浪调情。不过，还是召见使节；(一侍从下。)——而且，随您的愿，统一答复他们：凡有助于上帝之荣耀和我国家之福祉，任何选择，我都满意。

[一位教皇特使及两位使者，与身着红衣主教服的亨利·波弗特红衣主教(温切斯特主教)上。]

埃克塞特	(旁白。)什么，温切斯特大人已就职，升任红衣主教②？那我看亨利五世做过的预言就要应验："他一旦当上红衣主教，便会让他的帽子③等同王冠。"
亨利六世	诸位使节，你们各自的请求我已考虑、并讨

---

①　历史上，亨利六世此时21岁，早已成年。
②　在第一幕第三场，格罗斯特讥讽温切斯特主教："你若再这样骄横，我就用宽大的红衣主教帽子兜住你，抛上去，再丢下来。"前后剧情矛盾，或因剧团修改戏文所致。
③　原文为cap，帽子，即红衣主教的红帽子。

		论过。你们的用意既良善又合理,因此,我当即决定拟定一份友好和约条款,委派温切斯特大人立刻送往法兰西。
格罗斯特	(向阿马尼亚克的使节。)您的主人所提之事,我已详细禀告陛下,鉴于这姑娘贤德、美貌,妆奁丰厚,他有意让她成为英格兰王后。
亨利六世	(向阿马尼亚克的使节。)把这颗宝石给她,作为这桩婚事的凭证,也算我的爱情信物。——那好,护国公大人,派人护送他们安抵多佛,从那儿登船,再把他们的命运交给大海。

(除温切斯特和教皇特使,其余均下。)

温切斯特	教皇特使,请留步;先收下我答应给的这笔钱,转交圣座[①],酬谢他给我这身庄重的教服。
教皇特使	愿为您效劳。(下。)
温切斯特	(旁白。)我深信,温切斯特如今无需屈从,或者说,地位不比最尊贵的贵族差。格罗斯特的汉弗莱,你终会弄清,谈出身也好,论权势也罢,
	本座都不会受你压制:
	我要你向我哈腰、屈膝,不然,
	我要搞一场叛乱捣毁这个国家。(下。)

---

① 原文为 holiness,圣座,对罗马教宗等的尊称。

第二场

法兰西,安茹平原①

(查理、勃艮第、阿朗松、奥尔良的私生子、雷尼耶、少女琼安,率军上。)

查理	诸位大人,这些消息或可鼓舞我们低迷的士气。听说英勇的巴黎人反了,又变回勇敢的法国人。
阿朗松	那进军巴黎吧,法兰西尊贵的查理,别按兵不动贻误战机。
少女琼安	他们若归顺,我们确保和平②,否则,把他们的宫殿毁成废墟!

(一探马上。)

探马	愿英勇的统帅成功,他的部下幸运!
查理	我们的探马送来什么消息?请说吧。

---

① "第一对开本"此处提示"具体地点不详"。
② 参见《旧约·诗篇》122:7:"愿你城里有和平!/愿你宫里安全。"

探马	先前分成两派的英军,现已合兵一处,马上要对您发起进攻。
查理	诸位,这战报有点儿突如其来,但我们立刻准备应战。
勃艮第	我坚信塔尔伯特的幽灵不在那边;他已消失,陛下,无需害怕。
少女琼安	在所有卑劣情绪中,恐惧最该受诅咒:
	下令征战,查理,胜利属于你;
	让亨利烦恼,叫全世界抱怨吧!
查理	那么开拔,诸位大人,幸运与法兰西同在!

(同下。)

昂热城前

第三场

法兰西,昂热城前①

(战斗警号。两军过场交战。少女琼安上。)

少女琼安　　摄政王②胜了,法国人逃了。——魔咒、护身

---

① "第一对开本"舞台提示为"地点同前",即"安茹平原"。
② 此处的摄政王指约克公爵。历史上,此处的摄政王应指贝德福德公爵,此时,他尚在世。

符,你们现在快来帮我,还有你们,警示我、向我预示未来变故的优秀精灵。(雷声。)——神速的帮手,高傲的北方君主①的仆从们,你们快快显灵,助我完成此事!

(群魔上。)

露脸如此迅捷,活灵活现,证明你们向来对我殷勤。现在,你们这些我从地狱强大军团中选出的精灵侍者②,再帮我这一回,让法兰西打赢。(群魔走动,默言不语。)——啊!别这么久不吭一声,我老拿血喂你们,只要你们现在愿屈尊帮我,我便先砍下一条胳膊,作为日后更多恩惠的押金。(群魔垂头。)——指望不上你们救助了?只要答应我的恳求,我愿以身相报③。(群魔摇头。)——难道甭管我拿肉体,还是血祭,都求不来你们一贯的协助吗?那别等到英格兰打败法国,把我的灵魂,我的肉体,我的一切,都拿走吧!(群魔离去。)——瞧!他们遗弃了我!现在到时候了,法兰西必

---

① 原文为 lordly monarch of the north,高傲的北方君王,即魔鬼,或指因高傲被上帝逐出天堂的魔王撒旦路西法(Lucifer)。
② 参见《旧约·撒母耳记上》28:8:"扫罗对她(女巫)说:'请为我求问亡魂,告诉我即将发生的事。我给你一个人名,你把他的魂招来。'"
③ 指拿身体作为报偿,含性意味。

须低下她羽毛高翘的头盔,叫她一头栽进英格兰的大腿。从前,我咒语太弱,地狱太强大,我招架不住①。如今,法兰西,你的荣耀低落尘埃。(下。)

(战斗警号。两军过场交战。少女琼安与约克近身肉搏;琼安被俘②。法军溃逃。)

约克公爵	法兰西少女,我想这回把你抓牢了。现在快念魔咒,把你那些精灵放出来,考验一下他们能否让你自由。——多好的一件奖品,与魔王陛下最般配!看这丑巫婆拧着眉,好像她有像喀尔刻③的本事,真能把我变形!
少女琼安	你糟透了,不能再变。
约克公爵	哦,王太子查理是个帅男人,除了他,你挑剔的眼睛谁也看不上。
少女琼安	愿惨痛的灾祸落在查理和你头上!愿你俩在床上安睡时,突遭血腥的毒手!
约克公爵	谩骂诅咒的女巫、妖婆,勒住你的舌头。
少女琼安	请你再让我诅咒一会儿。
约克公爵	咒骂?异教徒!等上了火刑柱,随你怎么骂。(同下。)

---

① 或暗含性意味,指在性事上不是对手。

② "第一对开本"此处舞台提示为:"勃艮第与约克近身肉搏;法军溃逃,丢下少女琼安,被约克擒获。"

③ 原文为 Circe,喀尔刻,古希腊神话中住在海岛上的一个女巫,能用魔药把人变成猪。

(战斗警号。萨福克手拉玛格丽特上。)

萨福克　　　甭管你是谁,反正是我俘虏。(凝视她。)啊,绝色之美! 别怕,不要逃,因我只会用虔敬的手碰你。我为永久和平吻你的手指,再轻轻松开,让它们垂在你柔嫩的身边。你是谁? 说吧,好让我恭敬待你。

玛格丽特　　也不管你是谁了,我叫玛格丽特,一位国王之女,那不勒斯的国王。

萨福克　　　我叫萨福克,是个伯爵。别生气,大自然的奇迹,你命中注定要被我抓获。天鹅便这样保护一身绒毛的小天鹅,把它们囚禁在羽翼下。

　　　　　　但倘若,这奴隶似的待遇叫你不悦,
　　　　　　走吧,做萨福克的情人,重获自由。(她转身欲走。)

啊,留步! ——(旁白。)我无权放她走;我的手愿放走,可我的心说不行。好像太阳照着镜面似的溪流,折射出另一束光芒,这位光彩夺目的美人儿,也同样把我双眼照亮。我想向她求爱,却不敢开口。我这就招呼笔墨,把心事写下来。呸,德·拉·波尔[①]! 别自轻自贱!

[①] 原文为 de la Pole,德·拉·波尔,萨福克的家族姓氏。

	你没舌头吗？她不在这儿吗？瞅女人一眼，你就吓尿了？唉，美貌真有一种高贵的威严之力，它能毁坏舌头，把感官变傻。
玛格丽特	说吧，萨福克伯爵，——如果是这么称呼你，——我必须交多少赎金，你才肯放我？因为我发觉我是你的俘虏。
萨福克	（旁白。）她对你是否有情，你都不试一下，怎能断定她会拒绝你的求爱？
玛格丽特	你为什么不说话？我要交多少赎金？
萨福克	（旁白。）她长得美，才需要求爱，她是个女人，才需要赢得。
玛格丽特	你到底接不接受赎金？
萨福克	（旁白。）蠢蛋！记住，你有老婆，玛格丽特怎么能当你情人？
玛格丽特	（旁白。）我最好走掉，反正他听不进去。
萨福克	（旁白。）一切都糟蹋了，那儿有一张冷手牌①。
玛格丽特	（旁白。）他说话颠三倒四：这人肯定疯了。
萨福克	（旁白。）但说不定能得到教皇特许。
玛格丽特	我还是希望你能回答我。
萨福克	（旁白。）我要赢得这位玛格丽特小姐。为谁？

---

① 原文为 cooling card，冷手牌，赢下对手的制胜牌，此牌一出手，对手输局已定，无力回天。含性意味，指"冷却"情欲之火。

	呃,赢给我的国王;啐!那是个榆木疙瘩①。
玛格丽特	(旁白。)他说到木头,八成是个木匠。
萨福克	(旁白。)但这么一来,我的痴爱可得到满足,两国之间也能建立和平。可这儿还有个疑虑:虽说她父亲是那不勒斯的国王,安茹和缅因的公爵,不过很穷,只怕贵族们对这门亲事看不顺眼。
玛格丽特	将军,听见吗?——你没空吗?
萨福克	(旁白。)就这么办,随他们怎么轻蔑。亨利年轻,很快就会顺从。——(向玛格丽特。)小姐,我向你透露一个秘密。
玛格丽特	(旁白。)我当了俘虏又何妨?看他像个骑士,还不至于羞辱我。
萨福克	小姐,请屈尊听我说。——
玛格丽特	(旁白。)也许法军会来救我,那我就不必求他以礼相待。
萨福克	亲爱的小姐,请听我道出原委。——
玛格丽特	(旁白。)啐!女人被俘②,早已有之。
萨福克	小姐,这话从何说起?

---

① 原文为 wooden thing,榆木疙瘩,此处或有三层意涵:1. 笨主意;2. 不为情所动之人(国王);3. (萨福克)勃起的阳具。

② 原文为 captivate,被俘,在此有两层意涵:1. 被爱情俘获;2. 遭受奴役。

玛格丽特	请原谅,这叫"一报还一报"①。
萨福克	我说,温柔的公主,你不觉得因被俘而变身王后是一种幸运吗?
玛格丽特	王公贵族理应自由,在囚禁中做王后比在下贱的奴役中当奴隶更低贱。
萨福克	若幸运的英格兰皇家国王是自由的,你也一样。
玛格丽特	咦,他的自由关我何事?
萨福克	我保你成为亨利的王后,将一根金权杖交你手里,把一顶珍贵的王冠戴你头上,只要你肯屈尊做我的,——
玛格丽特	什么?
萨福克	他的情人。
玛格丽特	我不配做亨利的妻子。
萨福克	不,温柔的小姐,是我不配求这么美丽的一位小姐做他妻子,那嫁妆也没我的份儿。怎么样,小姐,——满意吗?
玛格丽特	若我父亲愿意,我就满意。
萨福克	那召唤我们的将领和军旗手!——小姐,我们要到你父亲的城堡外面,恳请谈判,同他商议。(众将领,军旗手,号兵上。)

---

① 原文为 quid for quo, i.e. tit for tat,一报还一报,此处原为拉丁文。

(吹响谈判号。雷尼耶自城墙上。)

看,雷尼耶,看,你女儿成了俘虏!

雷尼耶　谁的俘虏?

萨福克　我的。

雷尼耶　萨福克,有什么补救之法吗?身为军人,既不适于哭鼻子,也不便指责命运反复无常。

萨福克　不,大人,有足够的办法补救。允准,为了你的荣誉给予允准,让你女儿和我的国王结婚,我费力相求,她才答应;这回你女儿轻松被俘,倒为她赢来高贵的自由。

雷尼耶　萨福克此话当真?

萨福克　美丽的玛格丽特知道我不溜须、不骗人、不作假。

雷尼耶　凭你高贵的担保,我下来答复你值得尊敬的要求。(自城墙下。)

萨福克　我在这儿等你来。

(号角响起。雷尼耶由下上主台。)

雷尼耶　勇敢的伯爵,欢迎进入我的领地。在安茹,一切随大人吩咐。

萨福克　多谢,雷尼耶,有这样一个可爱的孩子真幸运,正好给一个国王做伴儿。大人对我的请求如何作答?

雷尼耶　蒙您不嫌小女寒酸,屈尊相求,让她给这样一

	位君主当高贵的新娘；我若可安享自己的领地，使安茹和缅因免受压迫或战祸，满足这个条件，我女儿便是亨利的，随他所愿。
萨福克	这算她的赎金，——我把她交给您；那两块领地，我保证大人可好好安享。
雷尼耶	既然您以亨利尊贵的名义，作为那仁慈国王的代理人①，我以此回报，将她的手交给您，算是订婚的标志。
萨福克	法兰西的雷尼耶，我向您致以国王身份的谢意，因为这事儿我是替国王办的。——(旁白。)不过我想，我也心满意足，办这事儿毕竟代表我自己。——(向雷尼耶。)我这就把消息带回英格兰，准备婚礼庆典。再会，雷尼耶。把这颗钻石收好，放金殿里，那儿最适合。
雷尼耶	我拥抱您，就像倘若基督徒亨利国王在这儿，我会拥抱他一样。
玛格丽特	再会，大人；玛格丽特将永为萨福克作美好祝愿、赞美和祈祷。(欲走。)
萨福克	再会，亲爱的公主！但听我说，玛格丽特，——没一句尊贵的问候让我捎给国王吗？
玛格丽特	那就替一个少女、一个处女，他的仆人，问候

---

① 原文为 deputy，代理人，即萨福克。

	他吧。
萨福克	这话说得甜美而谦恭。可是小姐,我还得再烦问一声,——没定情信物带给陛下吗?
玛格丽特	有,高贵的大人,——我把一颗清纯无瑕、从没碰过爱情的心,送给国王。
萨福克	还有这个。(吻她。)
玛格丽特	这您自己留着。我怎敢把这么傻的信物送给一个国王。(雷尼耶与玛格丽特下。)
萨福克	啊!真愿她能归我!——可是,萨福克,停住,切不可在那迷宫里闲逛;里面藏着弥诺陶洛斯①和丑陋的叛逆。把对她奇妙品质的赞美说给亨利,叫他动心。回想她卓尔不凡的美德和远胜雕饰的天姿神韵;在海上细想她的形貌,等跪到亨利脚下时,你便能凭奇妙之语叫他忘乎所以②。(下。)

---

① 原文为 Minotaurs,弥诺陶洛斯,即古希腊神话中住在克里特岛米诺斯国王(King Minos)迷宫里的人身牛头怪,直译为"米诺斯的公牛"。雅典人为求平安,每九年向其献祭七名童男童女,最后被雅典英雄忒修斯(Theseus)所杀。

② 原文为 bereave him of wits,叫他忘乎所以,直译为"叫他失去理智"。

第四场

法兰西,约克公爵在安茹的营地

(约克、沃里克及其他上。)

约克公爵　　把那个判了火刑的女巫带上来。

(圣少女琼安被押上;一牧羊人上。)

牧羊人　　啊,琼安,真把你爹的整个心杀了。我搜遍远近各处,总算走运,找着你了,却非叫我眼瞅着你年轻轻的惨死吗?啊,琼安!乖女儿琼安,我跟你一起死。

少女琼安　　老朽的可怜鬼!卑贱的坏东西!我有更尊贵的血统,你不是我父亲,不是我亲戚。

牧羊人　　该咒的,遭瘟的!——诸位大人,听我说,不是那样儿。我是她亲爹,整个教区都知道。她娘还活着,可以证明她是我单身①结的头一

---

① 原文为 bach'lorship,单身。莎士比亚或只为凸显喜剧效果,在此暗示琼安是私生女;亦或让牧羊人以此表白自己并未到"老朽"之年。

	颗果儿①。
沃里克	不认生父,恬不知耻②!
约克公爵	这见出她过着怎样的生活,——邪恶、卑鄙,活该处死。
牧羊人	呸,琼安,你咋这么障碍③!上帝晓得,你是我身上的一团肉;为你我落过数不清的泪。求你,仁慈的琼安,别不认我。
琼安	乡巴佬,滚!——(向英国人。)你们买通此人,故意隐瞒我的高贵出身。
牧羊人	这是真的,我跟她娘结婚那天早晨,给了牧师一枚金币④。——我的好女儿,跪下,接受我的祝福。不肯跪?你一生出来就该受诅咒!真愿你当初喂奶时,你娘的奶里有点儿杀鼠药!要不然,你在地里替我放羊时,愿哪只饿狼把你吃掉!你当真不认爹,该受诅咒的婊子?——啊,烧死她,烧死她!吊死太便宜她

---

① 原文为 the first of fruits of my bachelorship,我单身结的头一颗果儿,参见《旧约·出埃及记》23:19:"每年要精选你地里初熟的果实(the first fruits of your ground)带到上主——你上帝的殿宇。"以色列人把精挑细选的初熟果实视为上帝所赐之物,应献给上帝。《新约·哥林多前书》15:20:"但基督已从死里复活,成了那些已死之人初熟的果实(the first fruits)。"《新约·雅各书》1:18:"他按照自己的意旨,凭真理的话造了我们,使我们好像万物中初熟的果实(the first fruits of creatures)。"

② 原文为 graceless,恬不知耻,也可解作"品行不端之人"(immoral person)。

③ 原文为 obstacle,障碍,牧羊人本想说女儿"固执"(obstinate),结果误用成"障碍"(obstacle),暴露出他出身卑贱,没什么文化。

④ 原文为 noble,金币,此处具双关意:1. 高贵出身(noble);2. 金币(gold coin)。

	了！（下。）
约克公爵	把她带走；她活得够长了，叫世间充满邪恶诡计。
少女琼安	让我先告诉你们，你们给什么人定了罪。我并非一个放羊的乡巴佬所生，而是出自王族血统，贤德又神圣，由上天选定，凭神恩感应，要在世间创造非凡之奇迹。我与邪魔恶鬼从不沾边儿①；可你们，——私欲染身，沾满无辜者无罪的血②，罪恶万千，腐坏透顶。——只因你们缺了别人有的神恩护佑，便立刻断定，若没恶魔相助，神奇之事绝无可能。③圣女贞德并非邪恶的造物！④从儿时起，我一直是贞女，思想纯洁无瑕；若处女之血这样残忍泼洒，我一定要在天堂的门口哭诉复仇⑤。

---

① 原文为 to do with，沾边儿，或含性双关意，暗指从不与魔鬼干苟且之事。

② 参见《旧约·耶利米书》2:34："你们的衣服沾满了穷人和无辜者的血，可他们并没有侵犯你们的家呀！"《旧约·申命记》21:9："因你必做主眼里对的事，你才可净化你们中间无辜之血的罪。"

③ 参见《新约·马太福音》9:33："鬼刚被赶走，哑巴就开口说话了。大家十分惊奇，说：'在以色列从未见过这样的事。'"

④ 原文为 No misconceived, i.e. Not wickedly created，并非邪恶的造物，琼安或以此说明自己不是非婚生的私生女。"牛津版"此处为"No, misconceived!"，则可译为"不，你们想错了！""不，你们误会了！"

⑤ 原文为 cry for Vengeance，哭诉复仇，此处或化用《圣经》中"该隐杀弟"的典故，该隐出于嫉妒杀死弟弟亚伯，亚伯的血从地下向上帝哭诉。参见《旧约·创世记》4:10："你做了什么事？听，你弟弟的血从地下向我哭诉(crying out to me from the ground.)。"

约克公爵	唉,唉!——(向众卫兵。)带她走,行刑!
沃里克	诸位大人,你们听好,念她是个处女,别吝惜柴火,预备足喽;往要命的火刑柱上浇几桶沥青,让她少受会儿折磨。
少女琼安	没什么能改变你们的铁石心肠?——那好,琼安,暴露你的弱点,它能依法保你豁免①。我有孕在身,你们这群血腥的杀人犯,直管拖我去暴死,万不可谋杀我胎宫中的果实②。
约克公爵	啊,圣少女怀孩子,上天不容!
沃里克	这是你造出来的最伟大奇迹!你所守的一切严谨道德就这个结果?
约克公爵	她跟王太子一直在耍花招儿③,我早在想她最后会找个什么借口。
沃里克	哼,去她的吧。我们可不愿有哪个杂种活命,尤其是查理的孽种。
少女琼安	你们受骗了,我怀的不是他的种,是阿朗松享受了我的爱。

---

① 指法律规定,犯死罪的女性,若怀有身孕,可等婴儿落生后再行刑。

② 即在子宫中孕育的胎儿。胎儿乃神所赐,也源于《圣经》的思想。参见《旧约·创世记》30:2:"雅各对蕾洁生气,说:'我不能代替上帝,使你不能生育的是他。'"《旧约·诗篇》127:3:"儿女是上帝所赐;/子孙是他赐给我们的福分。"《新约·路加福音》1:42:"伊丽莎白被圣灵充满,高喊:'你是女子中最蒙福的;你所怀胎儿也是蒙福的。'"

③ 原文为 juggling,耍花招儿,暗指有性关系(having sex)。

约克公爵　　阿朗松！那个恶名昭彰的马基雅维利①？你的孽种哪怕有一千条命,也得死！

少女琼安　　啊,原谅我,我骗了你们:不是查理,也不是刚说的那个公爵,是那不勒斯国王雷尼耶勾引了我。

沃里克　　　一个有妇之夫,那最难容忍！

约克公爵　　嘿,这是何等女子！想必她阅人太多,不知该归咎于谁。

沃里克　　　这表示她一向放荡、淫乱②。

约克公爵　　不过,确实③,她是个纯洁的处女。——(向少女琼安。)娼妓,你这些话就把你连同那野种定了罪。求也没用,一切徒劳。

少女琼安　　那带我走吧,——我把诅咒留给你们。愿光

---

①原文为 machiavelli,马基雅维利,英国俗语以此代称阴谋家、权术家。源自中世纪佛罗伦萨政治哲学家尼科洛·马基雅维利(Niccolo Machiavelli, 1469—1527)所著,1532年获教皇克莱门特七世(1478—1534)亲自批准出版的《君王论》(The Princie)一书。马基雅维利在书中提出一系列不合乎当时宗教道德规范的主张,如应将君主的政治行为与伦理行为分开,君主为达到事业或统治目的可以抛弃伦理道德,不择手段,留下恶名也在所不惜。该书出版后影响极大,但不久,罗马教廷议会下令焚毁,马基雅维利被视为异教徒。1559年,《君王论》在欧洲被列为禁书,马基雅维利的名字遂成为阴谋野心家的代名词。显而易见,莎士比亚在此让"马基雅维利"出自比马基雅维利至少早一个时代的约克公爵(Richard Plantagenet, 3rd Duke of York, 1411—1460)之口,当属为剧情需要刻意而为的历史错误。

②原文为 liberal and free,放荡、淫乱。沃里克或在说反话,意在讥讽琼安的"慷慨、清白"(generous and innocent)。

③原文为 forsooth,确实,中古英语,意为"真的""确实",在此带反讽口吻。

耀的太阳永不映照你们居住的国土；愿黑暗和死亡的阴影围住你们①，直到祸殃和绝望逼得你们自断脖颈或上吊寻死！

(被押下。)

约克公爵　　把你剁碎、烧成灰烬，你这邪恶、受诅咒的地狱的仆人②！

(已升任红衣主教的前温切斯特主教，偕侍从上。)

温切斯特　　摄政王，我带了国王的授权书，特向您致敬。诸位大人都知晓，基督教各国对这些极端暴乱深表同情，诚挚恳求我国和野心勃勃的法国人之间实现全面和平，王太子和他的随从，马上前来此处，商讨和谈。

约克公爵　　所有辛劳换来这么个结果？那么多贵族，那么多将领、绅士、士兵，为国卖命，在这场纷争中倒下，最终却要达成柔弱的和平？我们伟大祖先征服的所有城镇，难道没因谋反、欺诈，没因背叛，丧失殆尽吗？——啊，沃里

---

① 参见《旧约·约伯记》10:21—22："我要走了，一去不回，去往幽深的黑暗之地；在那幽暗的混沌之地，光也是幽暗的。"《新约·路加福音》1:78—79："他（上帝）使救恩的曙光照耀我们，/ 又从高天光照 / 一切活在死亡阴影下的人，/ 引导我们走上和平之路。"

② 此处或是对《圣经》典故的反用，参见《新约·罗马书》13:4："因为他是上帝所用之人，他的工作对你有益。"15:16："使我成为耶稣基督的仆人，在外邦人当中工作。"《新约·歌罗西书》1:7："他为我们做了基督忠心的仆人。"

|||克,沃里克!我心痛,预见我们的所有法兰西领地将全部沦陷。
沃里克|要有耐心,约克;若签一纸和约,里面一定有严格、苛刻的条款,法国人在那上占不到什么便宜。

(查理、阿朗松、奥尔良的私生子与雷尼耶上。)

查理|英格兰的诸位大人,既然双方同意在法兰西宣布休战和谈,我们前来,要获知你们签那个和约有什么必要条件。
约克公爵|你来说,温切斯特,因为一见这些冤家死敌,我这发出毒音的喉管,就被沸腾的盛怒塞住了。
温切斯特|查理,其余各位,条款发布如下:鉴于亨利王仅凭怜悯和仁慈,同意解除贵国不幸之战祸,允许你们在果实累累的和平中喘息,你们理应成为他王权下的忠诚臣民。还有,查理,你若肯向他发誓效忠纳贡,你将被任命为他手下的总督①,仍可享有国王之尊荣。
阿朗松|那他岂不成了自己的影子?——殿堂②上装饰一顶小王冠③,可在实质和威权上,仅保留

---

① 原文为 viceroy,总督,代表国王行使权力的总督。
② 原文为 temples,殿堂。《圣经》中把人的躯体喻为灵魂栖居的殿堂。
③ 原文为 coronet,小王冠,由王子、公主或国王以下其他贵族佩戴的一种小王冠。

	一个平民的权利？这个提议荒谬,不合理。
查理	众所周知,我拥有一多半高卢领土,被尊为那里的合法国王。为获得其余尚未征服的领土,我会自减那么多的君主特权,只图一个全境总督的任命？不,使臣大人,我宁愿守住已有的,不愿垂涎更多,丢弃征服全境的可能。
约克公爵	傲慢无礼的查理！你是不是为得到一纸和约,私下托人调解,而眼下,事情日渐解决,又站得远远的精打细算？要么,接受你夺来的头衔,那也出于我们国王慷慨,并不是你应得的；要么,我们将用无休止的战争折磨你们。
雷尼耶	(向查理旁白。)殿下,在商谈这个和约的过程中,一味固执、吹毛求疵可不好。我们若视而不见,十有八九再找不到类似的机会。
阿朗松	(向查理旁白。)说实话,这是您的策略,要使您的臣民在战争进行中,免遭每天可见的屠戮、残杀。因此,接受这个休战协定,哪怕等您哪天高兴时再废了它。
沃里克	你觉得怎样,查理？协议条款就这么定了？
查理	定了。只保留一条:凡我军驻防之城镇,你们无权要求任何权利。

约克公爵　　　那宣誓效忠国王陛下:你身为骑士,永不反抗,永不叛逆英格兰王权;——你,还有你的贵族,都要效忠英格兰王权。(查理及其贵族做效忠表示。)那好,现在请你随时解散军队,卷起军旗,让战鼓停息,因为我们在这儿接受了庄严的和平。(同下。)

查理七世在接见厅

第五场

伦敦，王宫

（亨利六世与萨福克边谈边上；格罗斯特与埃克塞特上。）

亨利六世　高贵的伯爵，你对美丽的玛格丽特这番奇妙罕见的描述令我惊讶。她的贤德，连同天赋美貌一起，在我心底扎下爱的情根；我因注意她的名声受了驱使，好似凶猛狂暴的阵风吹动巨舰逆流航行，若不遭遇海难，便可安然入港，享受爱的果实。

萨福克　咳，仁慈的陛下，这外貌的描述，只是把真正与她相配的赞美开了头儿。那可爱小姐的主要天资，——倘若我的口才足够表述，——真可以作出一卷诱人的诗行，叫任何一种愚钝的想象力都为之迷狂。还有更多，她不仅那么神圣，那么卓尔不凡，无人不欢喜，而且，她心地谦恭、温顺，甘愿由您支配。我的

	意思是,她愿听从美德贞洁的指令,把亨利当主人爱戴、尊崇。
亨利六世	我不再指望别的。因此,护国公大人,同意玛格丽特做英格兰的王后。
格罗斯特	如此一来,我就要同意掩饰罪过。要知道,陛下,您已和另一位尊贵的女士①订婚;怎么才能撤掉那纸婚约,而不使您的荣誉丢丑受损?
萨福克	正如一个君王可以废掉非法誓言;又好比有人为一试身手,发誓进行骑术比赛,但因对手胜算大,退出竞技场。一个穷伯爵的女儿不般配,所以撕毁婚约不算罪过。
格罗斯特	咦,怎么,请问,玛格丽特比那位女士强?虽说她父亲多了些荣耀的头衔,毕竟也只是一个伯爵。
萨福克	强多了,大人,她父亲是位国王,那不勒斯和耶路撒冷的国王,他在法兰西极有威权,与他联姻将强化和约,让法国人为我们效忠。
格罗斯特	阿马尼亚克伯爵是查理的近亲,这一点也能做到。
埃克塞特	此外,他的财富能保证一大笔嫁妆,而雷尼

---

① 尊贵的女士:即第五幕第一场阿马尼亚克伯爵之女。

耶怕是只想入账，不肯出钱。

萨福克　诸位大人，一份嫁妆！别这么羞辱你们的国王，居然把他想得那么卑鄙、下贱、穷酸，娶亲只选财富，不选完美的爱妻；亨利能使他的王后富有，无需找一位能使他富有的王后：一文不名的农民选老婆才这么讨价还价，像赶集人买牛、买羊、买马那么斤斤计较。婚姻大事，岂能他人代理。谁是陛下婚床伴侣，不由我们所想，全凭陛下所爱。因此，诸位大人，既然他最爱她，这便是最能约束我们的理由，我们理应推举她。强迫的婚姻，一辈子不和，争吵不休，不算地狱算什么？反过来，自主的婚姻带来天赐之福，成为天堂和睦的典范。亨利是国王，除了把玛格丽特，一个国王的女儿，嫁给他，还有谁配？她有绝世美貌，再加上出身，证明与国王相配之人非她莫属：她勇敢的豪气和无畏的胆魄，——在女人里实属罕见，——也满足了我们对国王传宗接代的希望。因为亨利，是一位征服者之子，若能爱这么一位高贵、果敢、美丽的小姐，与她缔结良缘，估计会生出更多的征服者。那让步吧，诸位大人，跟我一起在此决定，让玛格丽特做王后，非

亨利六世	她不成。
	高贵的萨福克大人，到底因你陈述有力，还是因我年纪尚轻，从没碰过炽烈的爱的激情，我也说不清；不过我深信这一点：我感到胸膛里，冲突如此激烈，希望与恐惧交战如此凶猛，害得我思虑重重，如在病中。因此，登船吧，大人，速去法兰西！任何条款都同意，确保那玛格丽特小姐肯屈尊前来，渡海到英格兰加冕，做亨利王涂圣油的①忠实王后。你的费用花销，向百姓收什一税②补偿。去吧，照我说的，因为，你没回来前，我会千般思虑难入眠。——(向格罗斯特。)您呢，好叔叔，消除一切敌意；您若拿您年轻时的冲动③，而

---

① 原文为 anointed，涂了圣油的。涂圣油或"受膏"，是古以色列国王就职时的宗教仪式，象征国王是上帝所选，后成为基督教君主政体的标志，国王或王后加冕时，由罗马教皇、教皇特使或大主教在其身上(一般为额头、胸、背和手)涂油，意味神圣不可侵犯。

② 原文为 tenth, i.e. a tax of ten percent，什一税。公元 6 世纪，凭《圣经》中所提农牧产品的十分之一"属于上帝"的说法，基督教会开始向教徒征收"什一税"。10 世纪中叶，西欧各国相继效仿，负担主要落在农民身上。直到 1936 年，英国才停收此税。参见《旧约·创世记》14:17—20：亚伯兰打了胜仗，所多玛王到沙微谷迎接。上帝的祭司撒冷王麦基洗德带着饼和酒迎接，并祝福亚伯兰，"……亚伯兰从夺回的战利品中拿出十分之一送给麦基洗德。"《旧约·利未记》27:30："凡土地出产之物，无论地里的种子，还是树上的果实，十分之一属于上主；这是圣物归主。"

③ 原文为 what you were，年轻时的冲动。历史上的格罗斯特公爵年轻时曾与布拉班特公爵约翰四世(John Ⅳ, Duke of Brabant, 1403—1427)之妻杰奎琳夫人(Lady Jaquetline, 1401—1436)有过一段情史，可能已秘密结婚。

		不是现在的眼光指责①我，想必一定能原谅我这一时兴起的行为。那引我去一个僻静之地，让我冥思爱的惆怅。（下。）
格罗斯特	唉！惆怅！怕只怕，我要始于惆怅，终于惆怅。
		（格罗斯特与埃克塞特下。）
萨福克	这么一来，萨福克占了上风。他②此番前往，犹如年轻的帕里斯③当年去希腊；希望获得同样爱的结果，但日后要比那特洛伊人更成功。玛格丽特一当上王后，管住国王；我便能支配她，操控国王，统治王国。（下。）

（全剧终）

---

① 原文为 censure，指责，也可解作"评判"（judge）。
② 原文为 he，他，萨福克在此以"他"自指。
③ 原文为 Paris，帕里斯。古希腊神话中，特洛伊王子帕里斯"当年去希腊"，拐跑了希腊南部城邦斯巴达国王墨涅俄斯（Menelaus）绝世美貌的妻子海伦（Helen），从而诱发了希腊联军与特洛伊之间长达十年的特洛伊战争。

KING HENRY VI
Part I